全民微阅读系列

突然长大

徐宗义 著

江西高校出版社

图书在版编目(CIP)数据

突然长大 / 徐宗义著. —南昌：江西高校出版社，2017.6
（全民微阅读系列）
ISBN 978-7-5493-5531-0

Ⅰ.①突… Ⅱ.①徐… Ⅲ.①小小说—小说集—中国—当代 Ⅳ.①I247.82

中国版本图书馆CIP数据核字（2017）第123371号

出版发行	江西高校出版社
社　　址	江西省南昌市洪都北大道96号
总编室电话	(0791)88504319
销售电话	(0791)88592590
网　　址	www.juacp.com
印　　刷	北京一鑫印务有限责任公司
经　　销	全国新华书店
开　　本	700mm×1000mm　1/16
印　　张	14
字　　数	166千字
版　　次	2017年6月第1版 2019年4月第2次印刷
书　　号	ISBN 978-7-5493-5531-0
定　　价	36.00元

赣版权登字-07-2017-576
版权所有　侵权必究
图书若有印装问题,请随时向本社印制部(0791-88513257)退换

目录

诗与麻将　　/001

感冒　　/003

祸从口出　　/006

胜利者　　/009

柳树上刻字　　/011

黑夜　　/013

看望　　/016

送鱼　　/019

融入一体　　/021

清　　/024

钓鱼　　/026

害怕　　/028

迷惘　　/031

桃花　　/033

近亲惹祸吗　　/036

哥们　　/039

星星　　/041

愧疚　　/044

微笑　　/047

测试　　/049

融为一体　　/052

手机　　/054

惊吓　　/057

拨动的纸船　　/059

还钱　　/062

辍学　　/064

傻姑娘　　/067

回乡　　/069

空　　/072

小红　　/074

春和红　　/077

回家　　/079

唱歌　　/082

小伍　　/084

刘乡长主持文化会　　/087

亲家公的心事　　/089

三婶　　/092

女人　　/095

强奸未遂　　/097

收养孩子　　/099

打听　　/102

摄影艺术　　/104

分歧　　/107

见面后的痛苦　　/109

突破　　/111

心虚　　/114

父与女　　/117

感觉　　/120

变故　　/123

尴尬　　/126

重新认识自己的双手　　/129

后悔　　/131

挽留　　/133

理发　　/136

变化　　/137

打赌　　/140

电话　　/142

等待　　/145

提升　　/147

救助对象　　/149

孝心晴雨表　　/151

保国　　/154

王培杀牛　　/157

一对男女　　/159

硬实力与软实力　　/162

照镜子　　/165

惆怅　　/168

突然病了　　/171

笨与傻　　/174

成功经验　　/177

瞬间　　/180

柳树做证　　/182

醉酒　　/185

小赵　　/188

相亲　　/191

爷爷　　/194

纸花　　/197

管闲事　　/201

生日　　/204

父亲的病　　/206

代价　　/209

突然长大　　/212

赔款属于谁　　/214

诗与麻将

天上没有一朵云。秋阳温暖。C城作协搞了一次采风活动。张三是C城的有名作家,特别受邀参加。张三发表了近两百万字的作品,有几部十万字的"大东西"上了名刊头条,这可不是闹着玩的,典型的"硬货"。在C城,不知道市长的大有人在,但没有人不知道张三的。在街上随便遇到一个人,提到张三,马上回答:嘿,他呀,大名鼎鼎,写书的,一肚子的墨水,倒出来的都是精华文章,让你不得不服气。

采风地点是从C城出发,开车一个小时,去C城最偏僻的山区,那儿有一座金矿,近几年发展突飞猛进,取得了骄人的成绩,涌现出了一批先进个人和先进事迹。作家嘛,就要深入生活,了解那些先进个人的喜怒哀乐,才能写出不脱离时代的好作品。

但非常可惜,车行到距离金矿只有十公里的地方进不去了,路断了,堵了不少的车在那儿。于是,带队的只好另作安排,去一个有名的寨村,据说那儿过去出土匪,流传着很多土匪的故事。有坏的土匪,也有好的土匪。还有一个陈旧的寨子门楼,虽然这些年没有保护好显得陈旧,但它是土匪出没之地的有力证据。

这天,张三的精神一直很旺盛,看土匪寨子的时候,说话最多的人是张三,不会抽烟的他抽着烟,说到兴奋处连抽一大口烟吞进肚里,然后慢慢地吐出来。由这儿的土匪,张三说到了他老家的土匪,说一个坏土匪坏的让人不齿,连坐月子的妇人都强奸；说到一个好土匪张三微笑了，说那个土匪总是把抢回来的东西分给村里的穷人，自己呢，生活过的不比穷人好，有时还饿肚子。有人就问张三：张三，你是不是又在讲故事呀？是不是又在构思一部传奇小说呀？你从来是把坏事当好事来写，而且写的让人哭笑不得。

就这样在嬉笑声中，一行人看完了土匪寨，然后来到了一个情人岛，这儿风光旖旎，波光连天。欣赏完了就在此吃午饭。饭桌上，迸出了一个有趣的细节，一位作家同行，喝了一口酒，突然瞅着张三打趣：张三张三，横看竖瞅，面相像个杀猪的，不像一个写书的。众人一听，哄然大笑。同行说的也没错，张三长得胖，体重两百斤，五十多岁了，皮肤黑的像锅灰，相貌就是土匪相，实在不像一介书生文质彬彬，说话的时候一口粗话野话。不过，大众场合这样被人奚落，张三虽然表面在笑，但心里多少还是有些不舒服。然而，张三还是自己给自己圆场：管它杀猪的放山羊的，让作品说话。此言一出，倒让众人显得尴尬。

这样张三就"记住"这位同行了，而同行也"记住"了张三，都在找场合回敬对方一下。机会终于在下午出现了。景点参观完了，就是大家自由活动的时间。同行要张三陪着打麻将，来钱。张三说：赌博么？同行说：就是来点钱嘛。放心，在这两汇河的地方，放心地打，今天不把你身上的钱赢干净，见证我的奇迹，我就跳进面前的两汇河里淹死。

张三一脸窘态，来时没准备打麻将的，就随身携带的几个钱实在不能上场。于是张三说：不好意思，你们打吧，我在窗外作诗给你们助兴。岂知，这天同行他们四个人在屋里打麻将，张三搬了一张椅子坐在门外，面对眼前的两汇河，秋意正浓，河水澄清，张三诗兴大发，连作了几首诗，且一首比一首好，有意境，有创意,既有现代诗,也有古典诗,还有朦胧诗等等。让同行没有想到的是,张三光作诗就罢了,他还得意地大声念出来,虽然同行把房门关了,但进去声音的地方太多。同行出来告诉张三:你不要念了,我们打麻将哩。张三说:带队的说了,活动自由。同行苦笑一下,进去了。

有意思的是,这天同行一个人输钱,其他三个人都赢钱。散场后同行出来了,对张三说:自打你出声念诗,我就没有赢一盘,开始我是赢着的。同行摇一下头,非常的沮丧。张三力争:念诗与输钱有关系吗?同行又摇一下头,生气地离开。张三望着同行的背影,表情僵着道:前看像土匪,后看像盗贼……

感 冒

窗外,下着霏霏秋雨。最近五天,天天下雨,没有晴的迹象。老张停止电脑写作,伫立窗前眼瞧窗外。老张五十岁,头生白发,这样的秋雨,这些年瞧得多,严格说,就是灰色的天空,阴郁的雨风,斜斜的雨丝,没什么好瞧的。然而,老张之所以关心秋天的雨,是那天照镜子,发现自己头上有白发,当时老张心里一震,意识到自己老了。就是那一天,老张的心态,过了由年轻到老年的坎。

老张对自己失去信心吗?不是。老张就是想从前的往事。人老了,从前的往事,不能不想,更多的,是想如烟往事中失去的亲人。老张认为,他们睡在地下,不会要很长时间,老张就会去找他们。

老张住在十三楼,站在窗前瞧窗外,有居高临下的优越感。老张瞧着窗外,眼睛不眨,神情凝思。老张这种神态,让人想到他的心里痛苦。痛苦的人都是这种表情。但老张家庭幸福,不存在痛苦,没有滋生痛苦的土壤。老张家里有老伴,有孙子,儿子和儿媳妇在省城都有稳定工作,收入可观,也孝顺老张。横着分析,直着分析,老张不应该神情凝思。

老伴进来了,抱着孙子。孙子才九个月,除了微笑,不会说话。老伴说:你瞧啥?一辈子没瞧够秋雨吗?老张说:你不懂。不懂就不要追问。老伴奇怪地瞧着老张,眼睛眨了两下。老伴想,老张是不是感冒烧糊涂了脑子?老伴就摸老张的额头,还拿手在老张眼前晃了两下,意思是检查老张视力是不是有问题。老伴想,如果没问题,何事瞧窗外瞧得眼睛发直?老张打下老伴伸到眼前的手,说:鸡爪子!你才不正常。老张头不发烧,眼不发直。老张是正常的。老张又说:你抱着孙子出去,我瞧一会就要写作了。

窗外真有那么好瞧吗?老伴脸贴玻璃,仔细检查窗外——无非居高临下,能见远处的楼房、远处的马路、灰色的天空、斜飘的雨丝。不,还有楼下面那两排绿叶成荫的花树。

老张说:你不要瞧了,我这是在联想。老伴说:为写作服务吗?你是江郎才尽了?老张说:不是的。我是想到我老了。老伴说:人老了与秋雨扯上关系吗?老张说:跟你说不清楚。老伴出去时,提醒老张,不要把脑子联想坏了,人身体最值钱的地方是大脑。老张睃老伴一眼,关了房门,将老伴隔在门外。

一个小时后,老张出来告诉老伴,他要回老家。回老家?下雨淋淋回老家,没病吧?老伴想不通。老张住在县城,乡下还有老母亲,今年七十多岁,头发全白了。老张曾要母亲来县城,跟老张住在一起生活,但老母亲不来,跟乡下小弟一起生活。老伴说:你要去看望母亲，天晴了再去嘛。老张说：心里总是疙瘩着，有些担心。老伴说：母亲没有病，有危急事会打电话来的。好说歹说，老张还是坚持去。出门时，老张说下午回家。

老张居住的小区外面，就是通往老家的公路。一会儿老张坐上车了。经过老家门前的山坡时，老张没有下车，又往前坐了两公里。下车后，老张抻开雨伞，顶在头上，走到一个坟堆前。虽然进入秋季，坟上依旧青草萋萋，坟前小树依旧长着绿叶。突然，老张两膝砰地跪在地上，干净裤子马上浸渍雨水。这是老张父亲的坟墓。三十年前，父亲车祸去世，当年老张是小张，才二十岁。父亲死时也是秋天，也是秋雨霏霏。好心人把父亲用木板抬回家里屋场上时，父亲身体上盖着一张塑料薄膜。父亲身子已经变冷。老张此时一想那个情景，眼泪唰地落下。

老张额头触到青草上，懊悔地说：爸，我对不起你，我有十年没来给你磕头，你原谅我。这些年，老张一直在外打拼，直到去年下半年有孙子了，才放弃事业回家。老张一连给父亲磕了三十个头，这是按每年三个头计算的，十年嘛，应该是三十个。磕完起来时，老张全身湿透，因为秋雨一直没停。在老张磕头的时候，刮来了风，吹走了老张的雨伞。

老张回到家时，像一只落汤鸡。老伴吓坏了，硬说老张脑子出了问题，接着去摸老张的额头，烧得厉害。老伴说：你感冒了。是的，老张感冒了。老张认为，能让他在霏霏秋雨中再不产生痛苦的联想，这个感冒值。

祸从口出

　　进办公室的时候,张三像是冲进来的,而不是踉跄进来的。张三一进来,办公室里弥漫着一阵酒气。酒气不香醇,张三喝的低度酒,但张三有六成的醉意了。办公桌靠近窗子,张三几乎是扑过去的,两只手在桌面上一伏,瘦削的屁股就塌在了椅子上。

　　办公室里坐着刘伟,是张三一起教书的同事。刘伟说:"张三,你平时不喝酒,干吗今天喝这么多酒啊?"张三说:"哥们,麻烦给我一杯凉水。"刘伟赶紧给了张三一杯凉水。张三说:"别人都回去了,你干吗不回去?"刘伟说:"我感觉我的课程压力重,我在笨鸟先飞。"张三抬头瞧了刘伟一眼,眼光里全是蔑视和鄙夷。张三怒道:"有个屁用,等你到了我现在的家庭环境你就明白了,世风不古,本来属于我的钱,却进了领导的口袋,哪有人关心最下层的草民死活?"刘伟傻眼瞧着张三,吓得伸出了舌头。刘伟迭迭地说:"你喝多了,你在乱说。我什么也没有听见,我在满门心思备课。对不起张三,我要回去了。"刘伟跑出了办公室。张三冷笑一声,摇晃着身子追到办公室门口,手倚门框说:"刘伟你个胆小鬼!你怕,我不怕!"张三只顾说,没有注意学校的黄校长此时从旁边出来,没进办公室,径直从张三面前走过去了。经过张三面前时,黄校长哼了一声,脸色像猪肝一样。走了三步,黄校长又哼了一声。这次的声音显然比上次大,同时两只手反握身后,啤酒肚子一下子挺了起来。

张三吓坏了，醉意刹那间失去了许多。张三喊了一声黄校长，黄校长没有回头，也没有答应，两只手还绞在一起，而且更紧了。张三来到自己的办公桌边，一屁股塌在了椅子上，感觉全身没有一点力气。酒醉心明，清醒大半的张三知道自己闯祸了。

这时刘伟冲进来了，冲到张三跟前嚷道："张三，你闯祸了，你的话黄校长全听见了。"刘伟千幸万幸自己没说对领导不敬的话。

张三后悔莫及地说："我是瞎说，我的酒喝多了。"刘伟说："你应该向黄校长解释，不然你以后没法在这所重点高中待下去了。"张三哭丧着一张脸说："我混蛋，我说出了心底的话！"刘伟着急地说："你还这样说。这是说不得的。你赶紧去向黄校长道歉，不然你会马上卷被子走人。你不怕黄校长我怕，他那张脸太严肃了。"忽地一声，张三朝自己抽了一耳光，虽然不是太重，但脸上还是留下了手指印。张三自语："我怎么把心底的话说了出来呢？"刘伟脸色立马变白，赶紧遁影了。

接下来张三用凉水洗了头，一下子清醒了，醉意全跑了。张三想去向黄校长解释与道歉。等头发干了，张三找到了在操场草坪上慢步的黄校长。张三小声说："对不起校长，我刚才全是瞎说，你不要听在心里。我热爱这所学校，忠心这所学校。我刚才是喝醉了，我心里想的与我嘴上说的完全不是一回事。"黄校长生气地说："我问你，我是领导吗？"张三说："你是，你在学校不是领导哪个会是领导？"黄校长重重哼了一声说："你走吧，不要影响我散步。"张三赶紧纠正自己的口误："对不起校长，我说错了，你是领导，但你这个领导与我前会儿提及的那个领导不是一个人，你是好领导，那个领导是个坏领导。总之我混蛋，酒后胡言乱语，你不要放在心里。"黄校长睃了张三一眼。黄校长说："我占了你

们的油水吗？我掏了你们的腰包吗？"张三连连说没有没有，是自己胡言乱语，为了消除黄校长的顾虑，张三当着黄校长的面抽了自己一耳光。但黄校长不满意，离开时又哼了一声，生气地说："张三啊张三，我对你的期望值蛮高的，没想到我看走眼了，你张三肚里还有一个张三。"

张三痴站在那儿。黄校长走的没影儿了，张三还痴站在那儿。此时，张三悔的肠子都青了。到傍晚，张三没精打采地回到家里，一坐到客厅的沙发上，就拿起茶几上的一个杯子摔在地板上。妻子惊讶地从厨房跑出来，质问张三发神经呀？张三沮丧地说他闯祸了，向妻子做了说明。妻子吓得脸色苍白，赶紧给张三准备礼物，要张三马上送到黄校长家里赔礼道歉。

张三敲开黄校长的家门，进去了。张三悲痛地说："校长，我错了，请你原谅我。"黄校长愤激地说："那件事我从心里已经踢出了，你还惦记，你想干什么？"张三继续解释，但黄校长不给张三解释的机会，将张三连推带搡地撵了出来。张三赖在黄校长的家门口央求："校长，原谅我吧。"黄校长说："你走吧。"张三再次央求道："校长，你原谅我吧，我是有嘴无心。"黄校长大发脾气："你滚吧！"

张三崩溃了，赶紧往家里奔跑，突然，一辆摩托车直冲张三驶来……

胜利者

春树出门时,妻子嘱咐春树注意安全。春树眼睛有些近视,戴着一副白镜片黑镜框的眼镜。有两次春树上车的时候,由于视力因素险些夹伤了手指。春树走时特意在提包里装了三本书,这个细节妻子瞅见了,问:你去会友吗?春树点点头。

春树坐了四十分钟的班车,在一个山顶处叫司机停车,他下车了。空气好清新啊,春树深深吸了一口。在那边相距公路五百米处的地方有一幢红瓦盖的房子,门口有七八棵盖着绿叶的树。春树走过那幢房子的屋后,来到门前时发现门上挂着一把黄色的锁,家里没人。春树站着左顾右盼地瞧,显得失望。这一瞧瞧来了主家的一条黑狗,竖着尾巴凶恶地朝春树扑来,张着大嘴露出了锋利的牙齿。春树顺势拿了一根主家用的扁担举在手上,吓得黑狗只能站在那儿嚎叫,不敢靠近。

春树慢慢退到墙边,说明日再来,便回去了。第二天,春树出门时提前了两个小时,同样带着昨天带的三本书。坐在车上,春树在心里盼望着今天最好能遇见主家,跟主家谈谈天,说说地,将三本书顺利地送给主家瞧。但是春树走到主家的屋后时,听见主家屋里划拳声与酒令声不绝于耳,想是主家在待客,客人一定坐满了桌子四周。春树不想这个时候进去打扰主家,影响众人喝酒的心情。一个陌生人站在那些人面前多么尴尬啊。于是春树站在主家的屋后等,但春树岂知这场酒席喝了三个小时。这些人哪

里是喝酒,纯粹是一边喝酒一边聊天,说的都是酒后的醉言,都是胡扯的话。春树一直等到天要黑了,屋里还在响着划拳声。春树沮丧至极,只得匆匆去公路坐最后一班车回去。春树在车上自语:明天我再来,不信再遇到意外的事发生,巧合也没这么巧合吧。

但次日来时,主家大门上又是一把铁锁。相反主家的黑狗,吸取昨天失败的教训,在春树的防备下,还是出其不意咬了春树一口。咬在左腿上,下口比较重,只一下,就让春树流血不止,血顺着腿肚子流到脚背上了。裤子也扯破一个窟窿。这是一条新裤子,可惜了。可以说春树是逃到了主家的屋后。但黑狗没有就此罢休,追到屋后继续要咬。这一下真吓得春树惊慌失措,拼命逃脱。后来成功逃脱了,上车后却发现带来的三本书丢了,应该丢在了主家屋后。春树发出了一声叹息。

这天回到家里春树就上床躺着了。妻子把饭菜端到桌上后,进卧室来喊春树出去吃饭,春树说病了。妻子摸春树的头,有点烧,问是不是浸风感冒了?春树说:今天风小。妻子说:有的感冒是内火过盛引起的。春树说:可能。春树不对妻子提及被黑狗吓病的情况。妻子说:连去三天要见你的老师,见不着就不要再去见他了。春树沮丧着脸瞧窗外的天空。妻子说:这下你遭殃,病了你就不能写书。春树说:我想喝点稀饭。妻子就去熬。

过了一星期,春树再次带着三本书又去了。还没有走到主家门前,春树隔远就看见主家坐在他家的屋侧面,手上拿着书在看。主家手上拿着一本,地上撂着两本,有一本书的封面是红色的烫金,太阳的反光让春树一眼就认出它们是自己上次跑丢的三本书。春树不想过去打扰聚精会神看书的主家,春树脸上有了自信和得意的微笑。春树还有一份感动,感动曾是春树小学老师的主家,竟然在读春树写的书。一页看完了,主家翻开了另一页。太阳好温暖啊。春树转身跑向公路,回家路上脸上一直挂着微笑。

一进家门,春树就对妻子说:高兴啊高兴啊,老师终于在读我写的书了。

妻子黑着一张脸说:这有什么奇怪的,瞧你乐得像个孩子。

春树说:你不懂就是不懂,这里面有故事,一个生动的故事,我在他手上读小学时,他当着全班同学的面说我一辈子休想写出一篇好的作文,现在他的言论失败,我是胜利者!

柳树上刻字

玉与小林是新婚。他们决定去旅游。去哪个景点旅游呢?二人意见不一。小林要去武当山,去过一次,打算再去一次,小林对"金顶"与"一柱擎天"情有独钟。玉要去江苏的周庄。小林没去过周庄,不知道周庄有什么特别好玩的。玉也没去过,但玉从很多去过周庄的朋友嘴里,得知周庄值得一游。玉生长在丘陵,从小就渴望见识一下水乡的风貌。玉嘴里哼的最多的歌是《梦里水乡》,动人的旋律让玉神往与遐想。

最终,小林听从了玉的决定。去的路上,玉喋喋不休地向小林介绍周庄的信息,有头有脑,听得小林目瞪口呆。小林问玉如何这般熟悉?玉拿出一张打印纸给小林,周庄八景的介绍,历历在目地印在上面。玉说:走前我去了一趟复印部。我比你有心。

来周庄的第一天,二人游玩了三处景点,傍晚回到旅馆,满

脑子还是白天氤氲的情景,像金鸡报晓的绵绵钟声,像隐约黛山与浩瀚水波的喃喃情话,像抛锚停泊时扣弦高歌的粗犷淳厚的情趣。玉说:没有失望吧?小林说:不枉此行,胜过了"一柱擎天"。玉纠正:应该是各有特色。

次日,另外三处景点的欣赏,二人收到了同样的视觉效果。晚饭之后,二人没有就此回旅馆休息,而是不想错过天上的月亮和繁星。玉提议:我们慢慢走,慢慢欣赏,直至周庄的南湖。来到南湖岸边,二人惊叹了,皓月下的南湖长空一色,渔歌唱晚,波光闪闪。小林说:百闻不如一见。玉说:天上星星与月亮在南湖面前黯淡了。

但一会儿过后,一个插曲令二人大跌眼镜。玉因为不留神,掉进了湖边水中。小林马上将玉拉到了岸上。湖水湿透了玉腰身以下的衣服,水珠湲湲地往下滴。小林安慰玉,说:平静一下,已经没事了。小林又说:走,我陪你回旅馆换衣服。

玉沮丧至极,说不是落水的问题,是婚姻生活阴影的前兆,是小林对她重视的程度不够。小林一脸无奈,哭丧着脸。小林说:不是我有意推的。再说,马也有失蹄的时候。玉激动地说:不想跟你说话了,看我的笑话是不是?小林说:你别激动了,你看我。小林身子一转,就地跳进了湖水中,落水地点就是刚才玉落水的地方。小林在水中说:这有什么呀?只当下水游泳了,又不是寒冷的冬天。玉说:哪个要你下水呀!小林说:我自愿的,我们扯平了。玉要小林赶紧上来,但小林坚持玉不下来拉他,他就不上来。玉一想衣服反正湿了,真的下水来拉小林。而小林借着这个机会,抱着玉演绎了一幕水中亲吻的精彩场面。岸上过往的游人,被吸引了,驻足欣赏。小林得意地说:啊,水中的感觉真爽。玉说:这样好了,一辈子忘记不掉周庄了。

上来后，二人都想到了在这儿的岸边柳树上刻下字，做一个永久的纪念。刻什么字都想好了，刻"百年好合永结同心"。玉要小林去就近的店铺，买来了一把小刀和一把手电筒。刻字时，一人刻一个；一个刻时，另一个拿电筒照着。这样安排，彼此平分秋色，寓意将来的婚姻生活权力平等，谁也不欺负谁。刻完了，沐浴着湖面吹来的凉爽晚风，二人的心情幸福到了极点。

但回到旅馆后，二人都有咳嗽，患了轻微的感冒。

转眼间，过去了十年。今年春天，二人带着儿子，再一次游玩周庄。玉和小林特别想看当年刻字的柳树。他们找到了那棵柳树，此时柳树长高了，长粗了，绿荫匝地。然而二人围着柳树转了数圈，寻遍了坑坑洼洼，就是没有寻到当年刻下的"百年好合永结同心"。玉说：难道找错地方了？小林肯切地说：石墩子还在，不会错。玉说：当时刻浅了？小林说：有可能。这时儿子插嘴说：它们被风雨洗掉了。老师说岁月可以消失痕迹。

玉手抚柳树，叹息一声。小林说：它的消失也不影响我们的婚姻生活，这些年我们照样幸福美满。其他的也许是假的，但周庄是真的，当年的湿衣刻字是真的，二人一想便相视而笑。

黑　夜

漆黑一团的夜晚，大地沉寂。起风了，有的人家窗户纸在哗啦啦地响，但没有几家的窗户里有灯光。人们几乎都睡了。

突然有了急促的狗吠声。一个黑影伴随狗吠声，匆忙闪进一户人家的大门。接着屋里亮起了灯,灯光有些暗。灯光亮了一小会儿,又熄灭了,将屋里罩上了黑暗,与屋外的漆黑融为一体。女人用轻微的声音,急促追问进屋的男人:走了怎么又回来?男人小声回答:我想来想去还是打算不走。女人说:不行,我害怕。男人安慰说:不要怕,他下午已经被抓走了,一时半会儿不会放回来。

男人说的他是女人的丈夫。屋里安静下来。女人发出一声轻轻叹息。时间一秒秒过去。黑暗里,男人知道女人叹息什么,就向女人进一步解释:外面实在太冷了。女人说:你可以回家去啊。男人说:我想等天蒙蒙亮时再回去。女人不语。静静的屋子里只有男人的喘息声。女人说:不要说了。男人抱歉地说:对不起,我这人就让你瞧不起,小时偷针长大后偷牛,现在偷别人的老婆。男人的口气有自责。女人反过来安慰男人:继续偷没人瞧得起你,你的可贵之处是你早就悬崖勒马回头是岸。男人沉默着,接着向女人提出想抽一支烟。女人说:抽吧。男人抽烟时,烟头火光一明一暗。突然,男人发出一声唏嘘。女人疑惑地问男人为什么这样。男人说:我忽然感觉对不起你的丈夫。女人生气地说:错了,不是你找我,是我找你,要说错是我的错,与你没有关系。

提到丈夫,女人的脸在黑暗里非常难看。女人叹息一声,激动地说:他不配做一个丈夫。你不知道,这么多年,他没有尽到一个丈夫的责任。他的心目中一天到晚想的就是赌博,每次赌输了,回家就拿我和孩子撒气,我和孩子身上的伤就是他打的。这次他赌博被抓,由我想,不要放他出来,最好让他死在里面!男人说:不要把声音说大了,防止吵醒了孩子。在男人烟头一闪一闪的火光中,可以看见屋角有一张小床,上面熟睡着一个男孩。女人走到男孩的床铺边,给男孩披了一下被子,就过来对男人说:睡吧。男人摁灭烟头,上床躺在女人身边,接着让女人的后颈枕在自己的臂弯上。男人情不自禁地说了两个字：幸福。一会儿，男人与女人依偎着睡着了。屋外的风还在呼啦啦地刮。

不定什么时候，"砰"的一声房门被人踢开。不该发生的事竟然发生了。女人的丈夫回到了家里。他瘦高个，拉开了电灯，凶神恶煞地站在床边怒视床上的妻子和野男人。床上的男人吓坏了，急匆匆地穿衣服。女人丈夫指着他说：你小子真有种，竟敢偷我的老婆！女人丈夫跑出去，进来时手里多了一把明晃晃的菜刀，担心男人逃跑了，他堵在门口：你给我待在那儿不要动，等我与老婆说完话，我们再来理论。女人坐在床边，惊慌失措的样子。女人问丈夫是不是逃跑回来的。丈夫吼道：你甭管！你现在给我收拾打扮，一会儿等我处罚了这个野男人以后，随我出去帮我一个忙。一听"帮忙"，女人陡然激动起来：你死了这条心，我是人，不是牲畜，你玩的那些狐朋狗友，最好全部死光光。这次男人得以出来，全归几位好心哥们帮忙，作为交换条件，女人要去陪他们睡一觉。

女人的话刚落音，站在墙边的男人指着女人的丈夫骂道：你不是人，你混蛋！女人丈夫冲过来要男人闭嘴，并将手里的菜刀砍向男人。菜刀在灯光下划成一条弧线。女人丈夫说：你找死！这时电灯灭了，一场搏斗开始了。女人在黑暗里大声说：你们不要打！这时响起了一声惨叫。女人摸索着拉开灯，看见丈夫躺在地上，腹上插着那把菜刀，鲜血淙淙往外流。女人惊愕了，过去抱起吓醒的孩子，用胸膛挡着孩子的眼睛，将孩子抱到另一间房里。随即女人回来扶起丈夫，指着一脸茫然的男人说：你怎么可以真杀他？男人苦笑一下，脚步踉跄地出去了。

事后女人的丈夫抢救无效死亡，男人主动自首。有一天，女人来看关押的男人。男人瘦得不成样子，全身皮包骨头。隔着玻

璃,女人心疼地瞧着男人,伤感地说:你那样做既害了你也害了我。男人说:我不后悔。杀人填命,理所当然。女人说:他罪不至死啊。男人说:我当时不想杀死他,只想教训他一下,可我失手了。

离开时女人说:我以后还会来看你。男人说:不要等我了,找一个好男人开始你和孩子的幸福生活。女人不回答男人,一出看守所,女人眼角有了清亮的泪水。

看　望

老马在前面走着的时候,不胖不瘦的方脸带着一丝微笑。老马的后面有九位跟随者。一行十人中老马的个头最高。缕缕的秋风,在老马行走时舞动着老马的头发。头发中出现了零星的白发。天晴朗,老马下车时就没瞧见蔚蓝的天空上有一朵云。

紧跟在老马身边的小张说:局长,不要走这么快。

老马说:我这人办事与众不同,喜欢风风火火雷厉风行,最反对拖拖拉拉搞形式主义。

老马听见有人小声对小张说话,意思是小张的热脸贴上了局长的冷屁股,老马不由抿着嘴巴微笑了一下。

五分钟后,老马让看守所的一位领导引着进入了监狱。老马在监狱里会见了一位少年犯。老马吩咐小张等一行跟随者,说:你们站远一点,不要给少年造成了精神上的压力。老马见跟随者全部退到一边去了,才对少年热情洋溢的说话。担任两任局长的经历,让老马说话很有艺术。见少年在听的时候表现出了感动,老马就放了心,这个效果正是老马来之前希望达到的。

老马说:小张,带来的书呢?拿上来。

老马从小张手里接过一摞教育少年的书。老马将这摞书给了少年。老马慈祥地说:孩子,好好学习改造思想,争取尽快地出去。老马在少年说感激话的时候拍了拍少年的肩膀。老马说:你能思想健全的尽早出去就是对我最大的感激。

少年给老马下跪。老马在少年双腿没有落地的时候拉起了少年。拉的时候老马的眼光落在了少年的一双脚上,脚底穿着鞋子瞧不见,脚面上一片脏兮。

老马说:孩子,要勤洗脚,注意卫生。老马吩咐小张打一盆干净的水来,老马要亲手给少年洗一次脚,虽然少年不想让自己的脏脚弄脏老马的双手。面对跟随者诧异的目光,老马严肃地说:有时一个细节就可以改变一个人的思想。告诉你们吧,这次洗脚是有寓意的,我希望这个少年在世界上干干净净地走路和为人。

十分钟后,老马完成了他希望完成的事。老马再一次拉起了第二次下跪的少年。老马发现,少年在众人的掌声中流出了眼泪。老马掏出一个白色的手帕给少年揩了泪水。老马说:孩子,泪水不是最终的结果,行动才是最重要的。

老马说完瞧了一眼小张,一瞧就生了气。老马不止生小张一个人的气,还生了另三位跟随者的气。离开监狱后老马还在生气。老马说:来时就提醒了你们,不要将我与少年见面的细节用手机拍下来。小张说:局长,这么生动的场面不拍下来上报纸电视宣传一番,你的良心过得去,我们的良心过不去。老马要说什么,一个紧急电话让老马将注意力转移了。

奇怪的是,老马这天回家后就卧床休息了。老马向打电话来询问的市委管文化教育的副市长解释他病了,说他能吃能喝,就是心里像被一块什么东西堵着。副市长从来没听说过这种怪病,便来看望老马。老马说:是昨天去监狱看望少年犯的时候不小心风寒感冒了,休息两天我就去上班。

老马在副市长离开后下了床,坐在沙发上看本地电视台的新闻节目。老马查看了新闻播出的时间表,记在心里,一到播新闻的时候准时看。

老妻不喜欢这档节目,说老马:你以前从来不瞧了,换电视剧频道。

老马说:市政府一个星期后换届,我是局长能不关心嘛。

第二天,老马在傍晚六时看本地新闻时险些乐得拍起了巴掌。老马去监狱给少年犯洗脚的事迹上了电视新闻。老马对老妻说:这个小张,我明天上班后要严肃批评他,说了不要张扬的他却张扬了。接着老马接到了一个电话,一个熟人说老马的事迹上了市党报的头条。老马听了头朝后一仰,后脑勺在沙发后背上停了有五分钟。从沙发上起来时,老马重重地伸了一个懒腰。老马问老妻:家里有葡萄酒吗?

三天后传出了小道消息,说老马交了好运,这次市政府换届有可能要担任副市长。老马还听说一位少年犯的母亲,被老马的事迹感动得流泪,引起了市民的轰动。老马听到的时候先是沉静,后是一脸灿烂。

送　鱼

老何在卧室找了一个冬帽戴在头上。门外夏日炎炎，老何应该戴个夏帽，冬帽让老何看上去有些另类。好在老何穿上短裤、背心和凉鞋，减少了另类的感觉。但仍然让从厨房出来的妻子感到惊讶。不过妻子能理解老何心里的苦衷。没有苦衷哪个愿意这样折腾自己！

妻子劝老何今日不要出门，待十天后出去，冬帽就不用戴了，也不招人见怪了。老何反对，说丑媳妇总要见公婆的面。事情已经过去了，勇敢面对，不必在家藏着掖着。出去了，可能会受到有些人嘲笑的眼光，但嘲笑的眼光何尝不是对自己的鞭策和提醒。在卧室找出冬帽戴上那一刻，老何就做好了思想准备。反过来，老何把他这次受到的教训，当成了他生命中的一笔财富。

老何整理一下头上的冬帽，挺着胸脯出门了。一出门，老何听见围墙外面此起彼伏的捉鱼声更响了。老何有捉鱼的爱好，这是小时候养成的。老何把捉鱼当成锻炼身体，当清瘦的身体浸入水中，老何有鱼归大海的感觉。老何心里感激今天这个捉鱼的场合，因为在这种场合下与大家见面是最好的。大家都忙捉鱼，见面了充其量也只是一笑而过，不会问长问短，大大降低了尴尬程度。

围墙边的鱼池是公司的，以前派专人养鱼却入不敷出，公司就让它自生自灭。但鱼池有天然的水源条件，一年四季仍有鱼儿在水面泛起涟漪。池里长有黑鱼、鲢鱼、鲫鱼，池边蓬勃的草丛中,还藏匿着草鱼,有人曾见过草鱼在草丛中张嘴汲水。

还没到鱼池跟前,老何由众人的声音判断,在鱼池里捉鱼的公司员工不少于三十人,人声鼎沸。有人在拍巴掌,欢呼捉到了大鱼。老何一到鱼塘跟前,一条三斤重的黑鱼被人从鱼池下面甩上来,落地时啪啪啪扇动着尾巴。

惊呼之声四起,不过马上戛然而止,因为老何出现了。但几秒钟过后,惊呼声又起,所有人将目光集中到老何身上,有诧异的,有羡慕的,还有不少嫉妒的。老何没有回避,用微笑面对大家。老何去年是公司饲料车间的承包人,这些捉鱼的人中有在老何手下做过事的,比如说小张。

小张冲老何挥手,大声说:"何厂长啥时回来的?好,好,好,没想到你回来了!"停顿一下又说:"好,好,好,回来就好!"

老何沉静地回答:前天到家。接着老何转移话题,问黑鱼是不是小张捉的。小张答非所问,提及老何头上的冬帽,说棉布帽下水就打湿了。老何说:"不会打湿,我就在池边捉,会捉鱼在池边,不会捉鱼在池中间。"老何说着,沉入了池边草丛中,众人见不到老何,也见不到老何头上的冬帽。

老何不仅爱捉鱼,而且还是捉鱼高手,鱼池四周边还没有捉完,就收获颇丰,捉了一条三斤半重的黑鱼,还捉了两条四斤重的鲢鱼,小鱼也捉了三条。老何是最后一个来的,却成了最大赢家。老何喜滋滋地拎着鱼回到家里,妻子将鱼放进水池养着。妻子用手去摸鱼的尾巴,一脸的笑。妻子说老何不吃鱼,她自己吃鱼也不厉害,女儿又不在家,建议把鱼拎去市场卖掉,价钱一定不错,毕竟是野鱼嘛。

老何却坐在桌边,一边抽烟一边在考虑如何处置这三条纯天然的野鱼。老何突然想到了一个人,是老詹,劳教所的所长,特爱吃鱼，尤其对这种野鱼情有独钟。妻子想想赞同。这次在劳教所，多亏老詹对偷税漏税的老何细心教育，让老何想通了，改造积极了，终于提前半年出来了。妻子嘱咐老何吃一堑长一智，再不要偷税漏税，自老何进了劳教所，她就没睡过一个安稳觉。老何睒妻子一眼："还要你再提醒，早想通了，大河有水小河满，大河无水小河干。"说着起身，拎着鱼出门。这时妻子赶紧找了一顶白草帽，换下老何头上的冬帽，原来老何是个光头，头发在劳教所被剃了还没长起来。

融入一体

门外下着淅沥的春雨。母亲从墙上取下一把雨伞说："伍杰，我有事先走了，你吃完早餐去学校时不要忘记锁上门。"伍杰是我的名字。

我问母亲是去家里的商店，还是去中心城区？母亲不由得愣了一下，接着说去商店。母亲张开雨伞出门了。风雨摇晃着母亲头上的雨伞。

我这样询问母亲是基于两点：一是我家在郊区的公路边开了一家百货商店，距离我家的一千米，全由母亲照看和打理；二是每个月的这一天母亲都会去一次中心城区，以前我以为母亲是去提货什么的，但一个星期前我的一位同学告诉我，他看见我母亲从中心城区城南税务所里出来。是交税吗？回家后我追问母亲，母亲微笑地说她进去寻找一个人。没有下文了。母亲回避了。

是不能告诉我的秘密吗？我想不通。

饭后我去上学时，我故意绕道从我家的商店门前走。我发现商店的大门上锁着那一把熟悉的大锁。母亲会不会又去城南税务所了？好奇心驱使着我，我用电话向老师请了两个小时假，我要去城南税务所验证母亲是不是在那儿，以及去那儿的目的。

然而，等我匆匆忙忙地来到税务所的时候，税务所里没有母亲的人影。我向一名衣着整洁的税务值班人员询问，我把母亲齐耳的短发，微胖的身材，清瘦的脸，左脸靠耳的地方有一颗不大不小的黑痣等特点，一一说给值班人员听。

值班人员没听完，一口咬定地说："知道了，你说的这个人是毛润芳，她刚才交了一百五十元的税费，现在回家了。这可是一个好人，纳税意识强，每个月都主动来申报交税。"

母亲的名字就叫毛润芳。我说了一声谢谢就匆忙地出来了。站在春雨中我竟然忘了张开雨伞。我有二事不明：一是母亲来纳税为什么要隐瞒我和父亲；二是公路边开了五家商店，据我所知都没有交税，为什么母亲要与众不同来申报交税呢？

我回到商店时母亲早回来了。我的表情难看。我的语气气咻咻的。我把心里想说的话一股脑地说了出来。

母亲的反映先是一愣，然后反问我为什么不去上学而去城区里。接着母亲给我倒了一杯热茶水，轻轻地拍了一下我的肩膀。母亲说："别人不交税是别人的事，我交税是我的事，总有一天他们会后悔的。"

我生气地说："妈，我不反对你交税，我想说的是别人交税了我们也交，但我们不当那第一个。"母亲微笑一下，知道我心里的纠结。母亲瞧了一眼门外，突然把我引到门前来看眼前的公路。这是一条才建两年的六车道的公路。在我看来公路没什么好瞧的,我天天从公路上面走去学校,路上无非行人多,车辆多。突然母亲问我修这条公路得多少钱?修我读书的那所学校得多少钱?修北京天安门广场得多少钱?等等等等,母亲把她知道的事物都说出来了,要我算出它们的钱数,同时又向我追问这些钱从哪儿来。我哪里算得出来!我木然地瞧着母亲。母亲又把话题回到刚才说的公路上,说没修公路以前我家的商店生意非常差,现在为什么商店生意这般好,营业额翻了五倍,全是修建了这条公路的缘故。

我无话可说。我懂了。我想不到母亲的思想境界比我高。我把母亲拉进了商店。母亲坐到椅上说:"是自己的就是自己的,是国家的就是国家的,要二者分清楚。"

不用母亲教育了,我已经想通了。但有一事我还没有想通,交税是一件正大光明的事,母亲为什么要偷偷去交?如果今天不是让我得以证实,我和父亲将永远蒙在鼓里。

母亲说:"你父亲那个火暴脾气,知道了只会坏事的。"

父亲在外打工。母亲嘱咐我,以后父亲回家了,也不要把今天发生的事告诉父亲。母亲说哪天时机成熟了,她会亲口告诉父亲。

过一会儿我去上学。不知道为什么,我老想着电视上播放的"神舟九号"和"嫦娥三号"上天的画面,我觉得它们遥远的太空之旅有我母亲的一份功劳和汗水。刹那间我有了一种自豪感,仿佛我也融入了祖国经济与科技的腾飞之中。

清

　　村庄四面环山，山不大，山与山之间在山脚处形成了稻田。稻田边有田埂，田埂就是通往山外的路。村庄是小世界，山外才是大世界。

　　村庄的清走过村庄山脚处的田埂，去了外面的大世界，三个月没回来，半年没回来，八个月后才回来，一回来，就引起村庄两百多人的躁动。不是骂，是赞美，是羡慕，说清是一个泥巴身子出去，一个金身银身回来，美丽得让人眼花缭乱，都找不到贴切的词去形容。有人说像秋天的天空；有人说像夜晚的皎洁月亮；有人说像村庄前面池塘里下雪过后的池水；还有人说像春天艳丽的豌豆花。

　　有人疑惑，清在城里干什么工作呢？赚钱那是肯定的，问题是清从哪里学会了打扮自己？女人爱打扮是不争的事实，但不是每个女人生来就会打扮，有的打扮让人变得更加漂亮，有的打扮却使人变得更加难看，不然这世界就没有吃香的化妆师职业了。有人说清天生丽质，在城里耳濡目染就将自己打扮得美不胜收。现在的清，气质呀，皮肤呀，走路样子呀，面貌呀，身材呀等等，比电影上的明星一点也不逊色。

　　清回村庄玩了一个星期又走了。走的这天，在山脚处稻田埂上，与村里的小伍迎面碰头。一个朝村里走，一个朝村外走。小伍与清生在同一年，一起长大，小伍见证了清由乳臭未干的小姑娘变成了现在的漂亮美女。二人走到相距五步时都站着。风从清的后背刮过来,小伍闻到了清身上的香味。什么香味小伍说不出来,感觉就是舒服。

小伍说:又走啊?

清说:已经玩了一星期。

小伍说:什么时候再回来?

清说:估计在过年。

小伍说:你在城里那一截住?

清说:在中间德宁街,到了城里来找我,有你一碗饭吃。

小伍说:麦子种了,我会来城里找事做。

清说:好。城里来钱比村庄快。

清走了。经过小伍身边时,小伍朝旁边退了两步,让清直接从路中间走过。小伍瞧着清的背影。风没有歇,小伍见风吹紧清的衣服,清后背的轮廓就暴露出来了。小伍望着,眼睛贼亮贼亮。小伍太羡慕清在城里的生活了。

霜降过后,麦子种完了,小伍真的来到城里。小伍在城里找了五家公司应聘,但小伍文化水平低,又没有一技之长,五家公司都没有聘用小伍。冬季村庄闲着,回去了也是玩,小伍不想回村庄,继续找下力气的活。终于,城里一家搬运公司要小伍。小伍有力气,膀子上腿上的粗筋就是力量的象征。月底发了工资,小伍手里有钱,小伍就想到住在德宁街的清。一个村庄里的人,来了应该去瞧一眼。去时小伍购买了一些吃的东西,询问过服务员,专挑女孩子爱吃的。但小伍在德宁街这头走到那头,那头又走到这头,来回走了三次,几乎每家都问过了,就是没有清的影子。原来清是骗小伍的,清真是的,鬼精灵!

回来后,小伍躺在床上,把零食都自个吃了,从此也不想再去瞧清,城太大了,晓得清在哪个地方!小伍就老老实实做事,赚

钱就比别人多。有一天鬼使神差,小伍竟让同事拉进了红灯区。但小伍天生不是嫖客的料,同事进去了,小伍就是不进去。小伍坚持在外面随便走走,等同事出来后一起回去。小伍顺着那一条街慢步朝前走,走到中途时小伍眼睛直了,小伍在一家开着的门里面看见了一个熟悉的人,粉红的灯光将她映照成一个仙女。小伍吐出舌头,转身就跑。一路上小伍不停地问:怎么会是清呢?

钓　鱼

马局长爱钓鱼,一个月的四个双休日有三个双休日在外面钓鱼。马局长有一辆黑色的私家轿车,出去钓鱼的时候是开着车去,真正体现了局长的那个"范"。马局长把钓鱼当成了一种快乐。当鱼被钓竿拉上来在空中挣扎,然后被放进鱼篓成了牺牲品,这个时候的马局长是最快乐的。

马局长每次回来时都带回了可观的战利品。每次回家,马局长春风得意,轿车在家门口停下时故意按响喇叭。妻子赶紧从家里出来,满脸的笑容,不打招呼,直接去掀开轿车的后备厢拿鱼,都是黑鱼、草鱼和鲢鱼,偶尔也有鲫鱼。每次妻子拎鱼时都会说:又是这么多啊。而马局长都会趾高气扬地说:"没有几份霸气,鱼不会上钩。"

妻子微笑,知道马局长在暗示他的权力一手遮天,一锤定音。

但马有失蹄的时候。这天马局长回家时没有摁响喇叭,下车后一脸沮丧。妻子微笑着姗姗地跑出来，见了就赶紧敛笑，知道轿车后备厢是空的，没去开。

妻子说："钓鱼是个情趣，不必太在意。隔壁老张是工业局的副局长，十次出门钓鱼有九次空手而归，见了人照样一个笑脸。"

马局长生气道："你不懂，那不是鱼的问题，那是威信的问题，尊重的问题，人格的问题！"

妻子对马局长的上纲上线心惊肉跳，哪有这么严重呢？

马局长懊恼进屋，坐在桌边抽烟。有些事妻子不知道，马局长从来也不说，马局长肚子大不光是装啤酒和美味佳肴，也能装话，能说出来的就说，不能说出来的就不说。马局长以往出去钓鱼，都是下属安排好的，下属们轮流做东，不让马局长去河里钓，去渠道水沟钓，去没人管理拿不准有鱼没鱼的池塘钓，而是特意去专人喂养的鱼池钓。今天空手而归，是安排马局长钓鱼的下属小魏大意了，没有与那个鱼池老板"沟通"好，鱼池老板临时变卦，好歹不让马局长在他的鱼池下钓竿，说担心惯坏了鱼池的鱼。这显然是在找借口。

这晚睡觉时，马局长坐在床上又抽了三支烟。第二天，马局长在局里召开了中层干部会议。小魏是中层干部，坐在马局长的背后，垂着头。马局长喝了一口茶，清了清嗓子，说根据上面有关精神，决定对局里人事进行一次调整，所有中层干部全部解聘后重新竞争上岗。小魏心知肚明，这会是冲他开的。

散会后，小魏走出会议室时脸如死灰一般，非常后悔昨晚将马局长钓鱼之事办砸了。小魏脑子不笨，打算从哪儿跌倒再从哪儿爬起来。

当天晚上，小魏给马局长拎来了八条活鱼，条条不轻。这些鱼马局长都不认得，从来没有钓到过。马局长好奇地去瞅，用手

将它们扳过来扳过去。小魏说他特意从老家弄来的。接着,马局长认出了其中一条肥鱼,这是马局长最爱吃的一种鱼,马局长惊呼道:"小魏,没想到你老家有肥鱼呀!"小魏点头:"真有。我已经安排好了,下个双休日,马局长就去我老家钓肥鱼。"马局长浅笑一下:"不会像上次空手而归吧?"小魏信誓旦旦地说:"局长放心,不会不会,绝对不会,犯过一次错误,不会重犯错误。"

马局长笑说:"重复犯错的员工不是好员工。"到双休日,马局长真的去了小魏老家,结果收获颇丰。星期一上午,马局长召开会议,宣布竞争上岗的决定作废,每个中层干部原位不动。话一落音,整个会场的掌声不绝于耳。

害 怕

暴风骤雨,闪电交加。闪电出现时炸雷就惊天动地,大地白花花的,清晰得能看清地上一粒小石子。这晚的雨滴是我见过的最大的雨滴,在水库水面上溅起了水泡,春笋形容雨滴有小鸡蛋一般大。这个时候,我和春笋正在水库边忙碌着捆柳条儿。

我十四岁,春笋比我小三个月。白天,我们说好天黑后去水库边砍柳条儿。柳条儿可以编筐,可以编成席状挡猪栏之用,家家户户都热衷它。晚饭后我们来的时候还是满天繁星,等我们在水边砍好了柳条儿,天就变了。真是夏天,天变无常。

我和春笋不怕这样恶劣的天气,所谓初生牛犊不怕虎,我们觉得好玩,还畅快。

回家的路要翻两座山,还要经过一条稍长的田埂,是茅草小路,实在难走。但我们有说有笑地迎着风雨走,觉得风雨在给我们洗头哩。我们唱《心中有一朵向日葵》的歌,非常优美好听。回到家里的时候,天快要亮了,而这时风雨停歇了。

第二天,春笋挨了父亲的打,我也是。父亲吼我:"你个猪,我以为你睡在春笋家里,没想到你去了那个地方。那段路是你能走的吗?就是我们大人白天都不敢一个人走,晚上少说要两人做伴,而且手里有铁锹才敢走的路!"

我说我们不怕,我们还唱歌。我的话更气着了父亲,他下巴上的胡子都竖了起来,他举起了拳头,但始终没有砸下来。父亲吩咐母亲,让我两餐不准吃饭以牢记这件事,以后不得再犯同样的错误。

现在,我由普通职员升到了局长位置。可是局长当到第三年,我发觉我的胆子比我十四岁时还小,怕走夜路,怕听打雷,怕看闪电。好心人帮我绞尽脑汁地找原因,却始终找不到根源。于是我暗地去找心理分析师,他用"灵感"两个字打发我。

我说:灵感用来写文章。

分析师说:那是那个灵感,这是我这个灵感,灵是灵魂,感是感悟。

我说:说细点,粗了。

分析师说:正压邪,反过来,邪就压了正。

我出来后还在迷惘,不明白分析师的意思。

我来咨询心理医生,医生应该是靠谱的。

心理医生说:那个时候你的身体没有空气污染,眼睛纯洁得像一汪清澈的潭水。重要的是那时你没有欲望,而你现在有欲望。欲就复杂了,它可以膨胀。

我摇头说：我是个老好人，走路怕踩死蚂蚁；我的肚子很细，人家粗肚子能装下我的两个细肚子；同时我口紧，难从我嘴里掏出一句真实的话。

心理医生说：与肚子有关，但也无关。欲是一种无形的东西。口紧与不紧，心知肚明。

看来心理医生也抓不着我的病情的要点。我要离开。心理医生说：你可以走，只怕你走了不到一小时又要回来找我。我是捏准了你的病根。你真的要治了，不然你的肚子会更细，怕熬不过这个冬天。

我说：不要吓人。

心理医生说：不吓你，吓你不是人。这社会光怪陆离，有人阴险狡诈，当面是人背后捅刀；还有人横刀夺爱，步步设防；还有人偷鸡摸狗，漂亮女人不睡尽，怕死后阎王爷不收；有人视钱比爹亲，比妈好，有了一百万还想一千万；有人看似胆小如鼠，实则瞒天过海；有人——

我打断心理医生：你别说了，你在瞎扯。

我匆匆忙忙出来，给没给钱我忘记了。回家之后我就睡在床上。饭熟了，妻子来叫我下床吃饭，见我头上有豆大的汗珠。

妻子说：怎么了？感冒了就赶紧压被子发汗。

我说：不是感冒，这回是真病了。

妻子安排人送我去了医院。这回不是心理医生来看，是真正治疗疾病的医生来看。在医院里，我一住就是一个半月，我的局长工作由副局长接替。出院后我做的第一件事是写了一份辞职报告，说我这种人不是当局长的料。岂知辞掉局长后，我更是惶惶不可终日，实在后悔把局长职务给辞了。

迷惘

　　从电话里,我得知儿子与儿媳妇在晚上吵了架。电话是儿子打来的,语气匆忙、紧凑和急迫。我虽然不在现场,但由此我可以猜测出来他们当时是如何激烈的吵架。晚上我的心情本来挺好的,这个电话一接,心情全糟了,形象点说就是跌到谷底了。

　　放下电话,我叹息一声。五分钟过后,我给儿子打电话,为什么吵架?我要知道。我打算了解情况后,是儿子不对,我要批评儿子,是儿媳妇不对,我要批评儿媳妇。总之一碗水我要端平,不能厚此薄彼,做到一就是一,二就是二,青菜煮豆腐,一清二楚。

　　具体情况是这样的。晚上,在省城上班的儿子和儿媳妇,从餐馆吃了晚饭出来朝住地走,途中在路边遇见了一个小男孩。儿媳妇一见小男孩就跑上前去,说长问短,喜欢得不得了,还抱起小男孩抖动。放下小男孩时,儿媳妇将脸贴在小男孩脸上,亲吻小男孩。儿子不由分说,上前将儿媳妇拉走了,弄得小男孩及小男孩的母亲一脸尴尬。儿媳妇极不情愿离开,在儿子拉着走了三十米放手时,她就冲儿子发脾气,还骂了一句。当然,这句话换在儿子心情好时可能不会计较,但此时儿子正在气头上,于是质问儿媳妇为何骂人。儿媳妇说:就要骂,哪个要你拉开我!儿子威胁儿媳妇说:再骂一句试试?儿媳妇像豁出去了,真的再骂了一句。话音刚落,儿子的巴掌落在儿媳妇的脸上,就一下。儿子大声说:你没长眼睛呀?他们是回民!儿子的意思是回民不喜欢外人摸,儿子也是听他一位回民朋友说的。儿媳妇两手捂脸跑了。儿子缓

过神后前去追赶,儿媳妇没入黑暗的夜色不见了。

这是具体情况。儿子说:爸,你给我拿个主张,是硬来还是低头软来?

我说:你是怎样想的?

儿子说:她这是第三次骂我,前两次在重要场合下骂我,损光了我的面子。再一不再二,再二不再三,这样再原谅她,她肯定还有下次。

儿媳妇在家里少,我不知道她竟然这样。我也生气。我想,她不会跑到哪去,大不了吓儿子一下,说不定此时就坐在黑暗里等儿子过去向她跪地求饶哩。从内心讲,我替儿子委屈,反感儿媳妇的泼妇性格。

我说:你回家,她跑不远的,说不定你刚回家睡下,她就敲了门。

果然第二天上午,儿子给我打来电话,夸我料事如神。儿媳妇昨晚自动回的家,回来后没跟儿子吵架,今天早晨起来得又早,烧好早餐端到桌上,等儿子洗漱方便后用餐。这在以往是倒过来的,早餐都是儿子烧的。

儿子说:爸,真是四两拨千斤,你的一句话,让太阳从西边出来了。

我说:不说了。有些事你看的是表面。

我挂掉电话。这时我突然为儿媳妇感到内疚。我觉得在处理这件事上我自私了。马上,我给儿媳妇打电话过去。电话通了。我说:枝,你们昨晚是不是吵架了?儿媳妇叫枝。她惊讶地说:哪个说吵架了?没有。爸,我打算后天回老家一趟看孩子。

我陡然一想,因为工作太忙,儿媳妇有半年时间没有回家看望她的孩子——我的孙子。

我终于明白了儿媳妇为什么去亲吻别人的孩子。我错了,不单单是自私。我的心再一次抽紧。儿子打儿媳妇是非常错误的。

桃 花

在外地写不出小小说,我就回环境温馨的故乡来写。果然,写的时候非常得心应手。但是第二个月让我失望,写出的八篇没有一篇像模像样,打印出来,拿在手上横读竖瞅,总有缺胳膊断腿或意欲未尽的感觉。

怎么回事?我一时陷入了迷茫。一位同写小小说的朋友得知,给予安慰:正常现象,迷茫没有道理,类似这种情况我遇到了三回。

朋友说他五年前从S市回到故乡,每天生活在亲切的环境中,夜晚就在屋场上站着,眺望在他少年时代产生遐想的灿烂星空,但不能唤起朋友的充沛思绪,无法写出扣人心弦的文字。朋友写了五六篇,不是干巴巴的,就是无色无味的。环境影响写作,朋友坚信无疑。说具体点,朋友称之为睡觉时"择床"。"择床"我明白,我有这个弱点,换一个新地方睡浑身不自在,眼睛强劲闭上,过一会还是不由睁开,到天亮双眼有浅浅的红血丝。

我脑子里有语言,有素材,有生活故事,但写到纸上成了无病呻吟,说隔靴搔痒更贴切。找不到发气的地方,键盘成了我的首选。它是崭新键盘,才买。妻子窥见了心疼,又不想埋怨我胡来,垂头退进了厨房。

晚饭时,妻子舀了一小碗汤,要我接在手里趁热喝下。我却边抽烟边想小小说的事。

妻子说:喝汤就喝汤,甭想。回故乡了只当旅游,回了单位再多写。越急越出错,心慌吃不了热豆腐。心要静,浮躁写不出情趣。

我说我遇到瓶颈了。妻子了解瓶颈的意思,但不了解小小说的瓶颈,她从来没写过。

妻子说:喝汤,不喝就凉了。明天我带你去一个地方,可以帮助你写小小说。

我微笑,说:哪有天上掉小小说的事,不可能。你要安慰我,说实际的好听的。

第二天,我在电脑前写的时候,妻子硬拉我起身,跟她一起出门去她说的地方。

我说:我声明我不逛超市。我要突破瓶颈,带几篇上乘的小小说回单位。我不相信我江郎才尽了。

妻子说:我今天带你去一个有趣的地方,给你惊喜。

我说:不卖关子,直说。

妻子说:马上说吸引不了你,设个悬念牵着你。

我说:搞得像写小说。说在前面,去了不好看我就转身回来。

来的地方是一大片山坡。我的眼睛一下子亮起来。我熟悉这儿像熟悉我自己,一草一木,一花一石,刻在脑子里太深了。这是我与妻子相恋的地方,结婚时我与妻子在这儿拍照,桃花盛开,蝴蝶飞舞,清香扑鼻。往事太甜蜜,也太美好。

我说:让我重温青春浪漫吗?要这样,应该桃花盛开时来,秋天的这个时候来,桃树光秃秃,好心情就大打折扣了。

妻子说:带你来,希望你心情豁然开朗起来。最近你写不出一篇好的小小说,你就以此山坡为题联想一篇,估计写的作品就好看。像注水一样多加点情趣。

点子是好。但我没想好视角,也没想好主题。

妻子说:拿我当主人公。主题是我引你来山坡激发你构思小小说。

回来之后,我真的构思了一篇小小说,题目是《桃花》。我念给妻子听,她听后说写得像她,有些话说的都是生活中的真实话,编的痕迹非常少。反正妻子喜欢,要我念了两遍。

就是这个《桃花》,半个月后回单位给同事们看,都把指头伸出来向我放赞词,都说情景并茂,有理有节,清晰耐读,不失一篇上乘佳作。小刊物发是可惜了,大刊物发应是名至所归。

一个同事说:我听说,将此作参加爱情类小小说的征文活动,不得大奖,你把我的头砍下丢进厕所。记着啊,奖金到手了要请客。

后来真被同事们说中,《桃花》的运气好得不能再好,拿了一等奖。客当然要请,同事们把我簇拥进宾馆。酒席上,有同事硬要我把《桃花》的写作心得说出来,不要保守嘛,不要怕同事了解后抢饭碗嘛,一串串的激将话。

我说:我能说什么呢?我就是写了我与老婆的爱情故事。

妻子说:这话应该这么说,他写我,他的心静极了,带着真情在写。

有个同事说:这是打消了名利思想吧!

名利思想?我写的时候哪里想到了名利!我只想一气呵成的写出我的激情和美好,与名利半点不沾边。

近亲惹祸吗

小伍在妻子断气时彻底崩溃。小伍眼睛发直,面无表情,眼泪在无声地滚出眼眶。这种哭比任何一种哭都厉害,像一把尖刀插在心头上。妻子是在医院病床上断的气,小伍、母亲和儿子三人围在床边。儿子十岁,知道妈妈不会再出气了,就恸哭着喊妈,扑在妈妈肚上。奶奶赶紧拉孙子到一边去,安慰孙子。小伍这时抱紧妻子,脸贴在妻子开始变冷的脸上。

奶奶对孙子说:走,我们到外面伤心,让你爸爸好好哭一回,不要憋死了你爸。

孙子说:我也要抱着妈妈哭。孙子从奶奶手里挣脱,又跑到病床边,朝妈妈身上扑,奶奶在后面扯上孙子的后背衣服,扯过去了,接着扯到病床外,关了病房门。

小伍没有放声哭,只是泪水在滚,顺着没有刮胡子的脸,流到手上、妻子背上和床上。小伍平时能说会道,出口成章,这时却只会不断重复着说十一个字,除了这句话就不会说别的话了——你怎么丢下我们就走了呢?

妻子走完了人生最后的三步:太平间、火葬场和入土为安。

这天傍晚,小伍来到妻子坟边。太阳落山,鸟儿们归巢。小伍面对新坟,没哭没喊,在坟边静静地坐。土将妻子与小伍隔在了阴阳两界。虽如此,小伍能感觉到妻子可以了解他的心。小伍前前后后回想,往事一幕幕地闪现。妻子漂亮得像公主,同时又善良,对小伍像神一样供奉。妻子太能吃苦了,结婚十二年,家务事极少让小伍费心和插手,基本上都是她一个人揽着做的。好人难道命不长吗?小伍在心里问。妻子今天才三十四岁,死神不应该找她。妻子再不会跟小伍走在田间阡陌上,坐在河边柳树下。

附近村庄有母亲呼喊孩子,夜幕完全落下来。小伍起身回家。小伍心里清楚母亲没有站在山岗上喊他回家吃晚饭,其实饭菜早就做好,正等着小伍。小伍同样也清楚,母亲痛失儿媳妇没有倒下,实则强打精神,硬撑着,做给小伍看的。母亲用行动将一个道理阐述给小伍——人死不能复生,活着的人还得继续生活。

妻子发现病时,不想去医院,是小伍逼去的。去了医院,妻子能吃能喝,洋溢着生活的自信,劝小伍不要把她的病当一回事,不是大病,住几天就回家。

小伍说:病不好不能回家。

妻子说:哪个人不生病。像我这种病,依我说不该来,乱花钱。

小伍说:不要嘴强,病好了再说这话不迟。

妻子说:到时给你一个惊喜。

检查结果哪有惊喜,就是噩梦。妻子患了癌症,到了晚期。医生把小伍叫到一边,说:这是没办法。这种病世界上都没有攻克,周总理是总理,最终也没逃脱它的魔掌。

小伍睁大眼睛说:是说没救了,只能等死?

医生说:你要转院也行。我们没意见。

这家医院治疗癌症不差,好多初中期的都顺利出院,口碑载道。

小伍求医生用一切手段治好妻子。医生说:那是肯定。但我劝你现在就做准备,她想吃什么,你一切满足她。这种情况极少出现柳暗花明的。

……

小伍一边往家里走,一边在想妻子的死是不是与近亲婚配有关。小伍是妻子的嫡亲表哥,比妻子大三岁。二人青梅竹马一起长大。妻子从小就瞧得起小伍,喜欢小伍,但小伍顾虑近亲婚配。不过顾虑归顾虑,最终没有改变二人幸福地走到一起。舅妈列举了大量的近亲婚配事例说服小伍。不错,社会上确实有近亲婚配幸福的夫妻,而且也没有出现后人不济。小伍想,如果真与此有关,小伍便是变相杀死妻子的凶手。

回到家里,母亲早把菜饭端到桌上了。小伍坐到桌边,没有胃口吃。

小伍说:妈,我问你一个问题,近亲结婚会不会产生癌症?

母亲说:你要问医生。我没听说过。

小伍说:医生肯定说没有关系。不是近亲,我不会朝这方面想。

母亲生气地说:有关系,就是你舅妈害死了她的女儿,也害了我。当时我就不同意,都是她们母女一鼻子出气,你又没有长脑筋,一会儿同意,一会儿不同意。

母亲眼泪纷纷。小伍拿来毛巾给母亲揩眼泪,向母亲道歉。

母亲说:你现在听我的,我服侍好孙子,你一门心思给孩子找一个后妈,知道吗?

小伍不语。母亲说:不要顾虑她,死人一死百了,活着的人要面对生活。

如今,妻子死去了两年半,小伍还是一个人生活。

母亲经常追问:找到了没有?

小伍总是说:在找。这事急不得。

哥 们

在县城东大街,小张邂逅了高中同学小刘,有四年没见面,四只手紧握一起。接着,住在县城的小刘做东,请小张去就近一家餐馆畅饮。

餐桌上,放着白酒和啤酒。二人先喝白酒,后喝啤酒,话说不完,天南地北地聊。小刘聊着聊着,突然把话题就近,问小张来县城干什么事?见面时只顾乐没问。小张就说现在家里有负担,不能去外面打工,想在家里搞一个项目致富,但项目计划要县里批,而老同学小李又是分管这个项目的局长,有小李通融应该水到渠成。过去读书时,小张与小李可是铁哥们,不是假铁,是真铁。有一次小李跟人打架,那家伙下手可狠,一把水果刀朝小李划过来,是小张冲锋陷阵,用自己的后背挡了那一刀。当时夏天穿着白衬衫,衬衫划破那是当然,而且鲜艳的血将整个衬衫染红了。后来高考决定命运,小张回家种田,小李上名牌大学后步步高升。小张说:这段情谊摆在那里,小李一定会帮我通融。

小刘放下酒杯:话不能说绝。一个人没当官与当官后的思想不一样。

小张让小刘把话说直点。小刘嘿嘿笑了一下,阴阳怪气地说此一时彼一时,又是一句没说直的话。小张于是不问了,说到时见了面就知道了。小刘说:由我说你不要去了,去了也是自讨没趣,来了县城放宽心情,我陪你玩,明天就回家该忙啥忙啥。小张睁大眼睛:没这么严重吧!小刘就与小张打赌,如果小刘输了,小

刘就请小张去县城最豪华的宾馆撮一顿,大鱼大肉就不要客气,随便让小张点。反过来小张输了,同样的道理。

小张就是不信这个邪,同意打这个赌。二人还伸掌击打为证。实践是检验真理的唯一标准,小张坚信小李不是那种薄情之人。

由于中午酒喝的多,小张没去找小李,在小刘家里歇了一夜。次日早晨八时未到,小张早早来到小李上班的办公楼下,在暗处里瞧小李来上班。来了来了,小李挺着一个大肚子,六年没有见面的小李,肥头大耳有些不认得了,过去小李瘦精精,真是当官也改变身体。小张没有上去拦住小李,大场合那一套小张还是懂一些,毕竟自己是一个乡下农民,全身上下弥漫着泥土味。

八时十五分过后,整幢办公楼安静下来,小张这时轻脚上楼,在局长办公室找着小李。小张见小李办公桌上有一包烟,但小李没动,小张赶紧自己掏烟,给一支小李。小李没怒没笑,平静地说对不起,他不抽烟,要小张到对面沙发上坐着说话。小张说:你胖了,不仔细瞧都认不出来了。小李说:天天陪这个陪那个,把我的身体都陪毛病了。请问你来找我有事吗?小张赶紧说出来,最后说了一通客气话,同时承诺事成之后请小李吃饭。声音说大了点,小李说:这是办公楼,小声说话。接着叹一口气:不好意思,你说的那件事我办不了,一个月以前归我管,现在管不了。明显的推脱之意,小张心里镜子一般清明。这事对小李来说是"手到擒来",是"探囊取物"。

小张扯上过去的话题,自然说到了背挨一刀,相信能打动小李。但小李突然愤世嫉俗:那个刺我的家伙,这些年我一直没遇着,放心,终有一天我让他好看!反过来给小张安慰,小张苦笑一下,"话不投机半句多"啊。小张想想,起身出来了。小李说他正要批文件,没有送。

小张失望至极,咚咚下楼。出楼梯口却碰见小刘站着在等他下来。小刘拍小张的肩膀,安慰道:不要像霜打的白菜,不搞那个项目搞别的照样可以致富。小张说自己输了,请小刘去宾馆,要小刘带路,小张不知道县城哪家宾馆最豪华。小张嘴上硬着在说,手不由去摸自己的口袋,虽然一餐酒席是请得起的,但是小张有些不忍。小张希望小刘会拒绝,但小刘说:肯定要请,打赌嘛。小张更是失望。

出来后二人坐上一辆的士。岂知十分钟后,的士停在汽车站,让小张一脸尴尬,他说:这样不好吧,我输了呀。小刘说:不说这种话,咱们是哥们。小刘拿出一张小张回家的车票,塞到小张手里,接着坐的士回去了。

星　星

星星这个名字很好听,父母给他取这个名字,是希望他将来像星星一样闪亮。愿望美好,但没有落到实处。星星长到二十五岁时,人高马大,墩实实的,确实有了闪亮星星的意味,但其他方面像霜打的白菜,上不了台面,再过五年,三十岁的时候,光棍就找上他了。"光棍"二字就像个醒目的标签贴在脸上,走到哪都让人认出来。父亲与亲戚朋友想尽办法,想让星星摆脱光棍的头衔,可不是你想摆脱就能摆脱掉的,世上哪有那么简单便宜的事。

星星照镜子,镜子里的星星胡子拉碴,有了未老先衰的迹

象。后悔、悲叹、纠结，撞击着星星寂寞的心。星星这天面对镜子哭了，有清澈的眼泪落到镜上又从镜上滑落到星星的身上。同样在这一天，星星父亲冲星星发了火；以前父亲冲星星也发过火，但没有今日这般的厉害，眼睛珠子似乎要瞪出来了，瘦削的手捏成拳头又松开了。父亲喝道：你还哭？你还有脸哭？身为一个男人像个男人吗？不是你做事缺德不像个男人，你今天就不是男人中的光棍！在父亲巴掌敲击桌面时，星星跑出了门。跑快了，过门槛时险些倒在地上。星星委屈了，跑到屋侧面蹲在那儿更是揪心，眼泪掉的更多。

　　细想，星星的光棍与星星的缺德表现确实有关系，哪个女人都想找一个好男人，不想找一个缺德男人。所以人面前，村人喊他的名字星星，背后喊他名字为缺德。粗听起来，缺德二字有攻击人的意思，但不是村人要攻击星星，是星星自己把缺德二字写在脸上，清水洗过洗不掉，汗水浸过浸不掉。小时候，星星在晒麦场上拉屎，麦场周围有空场，蹲在哪儿拉屎都不是问题，但星星偏偏找麦场中央，这儿晒着麦子，星星就把屎拉在麦子上。当时星星才十岁，小孩嘛，这家主人没介意星星，算是原谅了。那个时候村人没把这事当缺德的表现看。五年后发生的一件事，让星星名正言顺的拥有了"缺德"这个绰号。星星溜进一家主人的厨房，当然是神不知鬼不觉的，没哪个瞧见。星星拿出了一个碗，在屋外捡了一些狗屎放进碗里，然后把装狗屎的青花碗又放回那个以前放的位置，这样就不会被女人发现了。就是这半碗狗屎，臭晕了主家女人的头，费九牛二虎之力才搜寻出来。主家女人骂那是当然的，主家男人气得两只脚在地上跺过来跺过去，明察暗访，终于将星星揪了出来。那天不是父母相救，星星的耳朵会被揪下来。不过耳朵保护住了，却落了个"缺德"的绰号。绰号是一张无形的网,慢慢扩大,弄得四邻八方都知道了星星。

星星三十五岁一过,做缺德的事更是变本加厉了。反正找不着女人了,不如破罐子破摔,有时图个心快乐,有时图个眼快乐,有时图个嘴快乐。身体快乐是他一直盼望的,只是一直没有得手,机会幸运地遇到过两次,但阴差阳错总有搅事的,让星星悔青了肠子。这些年星星一共做了多少件缺德事没有计算,只是人们一提到星星就摇脑袋,怨声载道,有人说派出所应该把星星这种人抓进去用电棍伺候。父亲闻见了风声,把星星叫到面前,抽了星星一耳光:你不学好,老子打死你!星星无耻地说:打呀,打呀,打死了我就死在你的前面,让你倍受白发人送黑发人的痛苦。父亲就打不下去了,两手捂脸任由眼泪从指缝隙溢出来。

以后家人及亲戚朋友都不管星星了。星星这晚面对天上的星星,第一次不是愧疚地微笑了。笑过之后,星星发现他的眼角有东西,用手去抹,是没有掉下来的泪滴。

最近一段时间,星星开始研究女人小解的图案。这当然也是一件缺德事。星星研究发现,每个女人小解的图案不一样,有圆形、矩形、扁形、三角形、等边形、正方形等等。每了解一个女人的小解,都有一次极大的收获和快乐。星星研究是一个方面,研究的时候,星星会联想到女人小解这个图案时的形体,由形体再推想她的部位,以及她的体重和力量。星星这天又发现了一个女人钻进了棉田,但隔得有点远,女人又戴着帽子遮蔽了脸,星星就不知道这个女人是谁了。然而这不重要,星星在意的是这个女人小解后湿在地上的图案。天气太热,等女人走后再去瞧,湿的印迹会消失,或者看不明显。星星大步地跑向棉田,小心地溜到女人附近。位置非常好,是女人的背后,星星可以瞅见女人,女人瞅不见他。女人小解的速度很快,三下五下就解决了,起身束裤子。

束裤子的时候女人转了一个身,而就在这个刹那,星星没控制住嘴巴,后悔得发出声来。原来这个女人是星星的堂妹。事情闹大了。堂妹黑着脸追打星星,一个土坷垃击在星星的后背上。堂妹哭了,哭得非常厉害,回到家里还在哭。星星不敢回家,就躲在他家的菜园里。岂知堂叔拿着铁锹撵到菜园来。星星拼命奔跑,堂叔也不落后,一边追赶一边骂道:今天打残你个缺德的东西!

星星逃脱了堂叔的追赶,这天没有回家,第二天也没有,第三天同样,有人看见星星坐上了长途班车,这次星星才真正接受了教训。

愧 疚

夜黑漆漆的。雨水流在瓦沟里发出嘀嘀声,屋场上的椿树叶子也在响,两种声音交汇在一起。玉坐在床上,瞧卧室屋顶上的电灯,不瞧坐在床铺那头的栓子。栓子是玉的丈夫,玉此时在生栓子的气。屋外的黑让卧室的灯光显得更亮,但玉瞧着不刺眼。栓子嘴巴在动,表情是乞求的,眼光是乞求的,语气也是乞求的。栓子在劝玉不要出门,在家里夫妻俩甩开膀子好好干也能发家致富。致富路千万条,看你想走哪一条。条条道路通罗马,栓子从别人嘴里听到,现在也用上了。栓子承认,玉去县城开缝纫店,能眼见每天的收入进账,是活生生的"银子",可能比家里致富来得快一点,但有风险。

提到风险玉就开腔了,一张俏丽的脸转向栓子,因生气俏丽的脸有些扭曲。玉质问栓子,开店哪来的风险?栓子说了两个字:美丽。玉抬眼想"美丽"二字的意思,无非好看嘛,在乡下是好看,去城里也是好看,同样都是一个好看,乡下没有风险城里就有风险了?栓子说:乡下是乡下,城里是城里,同样长的鼻子眼睛,但心里想法不一样。乡下人憨厚,城里人狡猾。在乡下你可以不做事,我拼命巴肝地干活没事,我心里是秋天潭水一样平静,但我随你去了城里,我哪有心思做事啊?玉打断栓子的话:你没有心思做事?你心思都在想啥?栓子说:你不懂就是不懂,你要不是美丽,我早鼓动你去县城开店了,现在懂了吧?

玉哪有不懂的,早懂了,故意说得让栓子着急。玉拉长脸说:栓子,没想到你自私,又是小肚鸡肠,婚前要是知道你的心胸只有针眼大,我不会嫁给你。

栓子不吱声,头垂着,瞧红红的缎面。春天的夜雨像是比前会儿下大了,玉聆听着,最后睡进了被子里。第三天雨歇后,玉还是坚持去县城。栓子着急地说:要去你一个人去,我不随你去。玉说:没要你去。店子是你表姐的店子,现成的,同时你表姐一家就住店子的隔壁,我的风险你就不要担心了。我向你保证,我现在走时是什么样子,将来不开店子回来时还是什么样子。栓子激动地说:人心能看见吗?人心说变就变的。玉拉着栓子的双手,作栓子的工作。成了夫妻,在一张床铺上睡了,哪能随便变心呢?玉嘴巴会说,一套一套的道理,说得栓子只有答应了。内心里栓子想跟玉一起去,但栓子对于缝纫一窍不通,去了还是一个累赘。玉进一步说:世上没有不漏风的墙。你每晚打电话查我的岗。你的想法,我的想法,都是为了家庭致富,只是我有缝纫的手艺,不用上就对不起我那两年的苦学操练。等家里致富了,我就不在城里开店,在家里开店赚一些小钱。

太阳晒干了地上的泥泞。栓子送玉到公路边上了车。车开动后，栓子在地上挥手，玉在车上挥手，搞得像以后难得见面似的。以后，栓子真的每晚给玉打一个电话，没想到查岗的方面，就是想念玉。玉聪慧，就要栓子好好做事，她两个星期就回家歇一晚上，解脱栓子的想念。这个办法效果极佳，让栓子在家做事全身是力气，而且样样事做得井井有条。

　　转眼过去了三个月。栓子忙完了家里的事，暂时能清闲半月。玉要栓子去县城住上半个月再回来，栓子就来县城了。但一到县城，栓子多了一份心思，人嘴两张皮，玉嘴上说的与她的行为未必是一致。栓子不信城里没人打玉的主意，动心玉的美貌。而玉，未必没有被城里的纸醉金迷迷惑。栓子暗访了八个人，都是与玉有来往的，比较熟悉的，岂知他们对玉的评价非常好，有些好栓子没发现，他们发现了。最让栓子感动的是玉每晚睡觉用棍子抵住大门，让表姐的孩子陪她一起睡，这就是"滴水不漏"嘛。

　　栓子终于松了一口气。但松气之后栓子觉得对不起玉，小瞧玉了，对玉不公平了。于是栓子在玉的面前就脸红，吃饭时垂头不敢瞧玉，晚上睡觉失去了往日的举动，变得像个木头疙瘩；尤其是面对玉的美貌，比在家里时更美更亮，栓子心里就有了愧疚之感。

微　笑

　　病房里摆了三张病床,两张空着,他躺在中间病床上。来此有一个月,没下过床,一直躺着,仰躺累了就侧着躺,左边身子侧会儿,右边身子侧会儿。不要认为躺在床上轻松,不下力出汗,其实比干重活好不到哪去。

　　一个星期前,病房里住过一个老头,头发胡子都白了。老头进来时的样子像感冒又不像感冒,咳嗽厉害,吐出来的痰似脓似血,险些让瞧见的他,将妻子刚喂他吃进胃里的食物呕吐出来。亏他舌头绕了一口痰水,硬将食物压在喉咙以下。他想这病房是老头的老家,老头没有出去的希望,只能每天像他一样瞧病房白色的房顶,瞧窗外那棵树上的绿叶,就是等死嘛,不夸张。但老头"柳暗花明又一村",他清楚算过的,才四天零五个小时就出院了。老头走时握着他的手:小伙子,坚强些,熬过去了就一切解放了,感谢这几天你陪我说话。

　　他瞧着病房的门口,目送老头的身影在门口消失。没人影儿了应该收回目光,妻子却发现他不收回来,一直地瞧。妻子在病床边坐着,奇怪地问他瞧什么,无非过来过去是医生、护士和病人家属,没啥瞧的。他说:我就瞧一瞧。妻子把手伸过去握着他的手:你要瞧就瞧窗外的树,树叶子是绿的,瞧着你心里舒服些。他说:从进病房那刻起就在瞧,瞧够了,留着想念,下辈子变人再瞧。妻子不说话,眼泪簌簌地掉。他从妻子手里抽出手揩妻子的眼泪,笑说:好,听你的,我瞧窗外的绿树。啊,今天是晴天,对,我还听见了鸟鸣声,是麻雀的声音。平时听着这种声音就厌恶,今天听着怪新鲜的。妻子说:你肚子饿了吗?我喂你吃。他说:跟我结婚是你倒霉,不,这话这样说不妥,应该是我害了你,你现在是不是后悔了?妻子摇头:不后悔。应该是我害了你,结婚以前没发现你患有这种白血病,结婚八个月以后才查出来的。

接下来二人不说话。他瞧窗外的绿树叶,妻子瞧他头上的黑发。二十九岁的他,头发黑的像墨汁,这个年龄像东方才升起两杆子高的太阳。常说人生的大红大紫,应该从这个年龄段开始吧。妻子说上厕所,但起身走出病房,就在走廊上的铁椅子上坐着垂泪。医生说了,他的病到了最后阶段,熬一天是一天,最多熬到月底。月底离现在只有半月,妻子天天扳指头在算。妻子希望他在生命的最后时刻,多看欢乐的笑脸,多看希望的绿色。

妻子揩净眼泪进来时,他说他要小解。妻子朝他身子下面塞去一个尿盆。他解完了,要妻子在病床边坐好,有话对妻子说。他问存折上还有多少钱。妻子说不要他操心,说钱没花去多少,治他的病绰绰有余。妻子说了假话,存折上的钱已经不多了。他要妻子把他的病情检查报告拿给他看,妻子说还没下来。又是假话,昨天就下来了,妻子有意串供好医生,达成默契一起隐瞒他。

这天,妻子出去买吃的,他喊来他的主治医生。他要医生对他的病情说一个实话。医生说:你是坚强的,我佩服你。他思索医生的话,没想出什么来,就问医生暗指什么。医生怜悯地瞧着他,沉默了一分钟。他说:你什么都不要说了,我知道了。医生说:安心养病,你没事的。他拼命挣扎着坐起来,两手合十向医生乞求,要医生在他死后,把他的肾捐给他的妻子,妻子有严重的肾病,不换肾也活不了几年。他希望医生帮他这个忙。他拿出一张纸交给医生,上面写着他的愿望。医生要他交给他的妻子保管。他说:

交给她,这件事就做不成了。他又向医生双手合十。他说:如果能下地,我早给你跪下了。医生只好为难地收下。医生走了。他的脸色非常沉静。他的病情他早料到,他只想从医生嘴里得到进一步的证实。

妻子回来了,两手拎着他吃的食物。他微笑地说:好香啊,我要多吃一点。他的笑也带起妻子的笑。妻子说:多吃可以提高身体的免疫力。你早应该这样笑的。他大口大口地吃,吃了又要妻子倒水他喝。他说:吃的实在舒服,下辈子继续找你当老婆,太幸福了。妻子说:干吗一下子乐得像个孩子?他说:从今后我要开开心心,笑脸不断,再不哭丧着脸。我想起书上说的那句话,快乐生活每一天。

他从这天笑容没断,直到月底他闭上双眼。身上的肉慢慢在变冷,但脸上看上去依旧有笑意。医生拿着一张纸过来了,交给床边他的妻子。妻子看了没有感动,情绪异常平静,撕碎了这张纸。妻子说:他有这份心思,我没枉嫁给他。

测　试

六辆黑色轿车开到了屋场上,新娘子到家了。小伍下车,背起玉,朝围观的眼神羡慕的村民微笑,朝前来贺喜的亲朋好友微笑。礼炮在炸,锣鼓喧天。玉抱着小伍的头,小伍双手搂着玉的臀部。有人在散细碎的彩色的花屑,沾在小伍头上,也沾在玉的头上。玉本来就美丽,又特意抹了粉,天啦,天上仙女未必有玉漂

亮,有人发出惊呼,嘴巴里啧啧声不绝于耳。也有人这样评价玉,说村里有史以来的第一美人就是玉。也有人暗地说小伍以后要享玉的福,理由是洞房里所有摆设,都是玉娘家给的,玉还带来了存折,同时小伍房子的修缮,也是玉娘家给的钱。有人开玩笑,说小伍因为娶了玉让家庭旧貌换新颜。

小伍都听见了,但不与人辩解,说吧说吧,小伍不在意这样说,便宜都在家里了说不走的。

到晚上客人散了,锣鼓声没了,一切归于平静,真正的"洞房"属于小伍和玉。窗边点着红蜡烛,被面是红的,蚊帐是红的,玉穿的衣服也是红的,窗帘也是红的,家具也是红的,整个洞房让一片温馨的喜庆的红色罩着。这晚小夫妻相拥相抱,一夜没有闭上眼睛,手在动,脚在动,嘴巴在动,立体与全方位并驾齐驱。

天亮了,晨曦洒在窗台上。夫妻俩都下床洗脸。小伍发现玉洗脸后比化了装更亮丽。小伍说:玉,以往我没有过细瞅你,没想到现在细致瞅了,你真的好看得不能再好看。玉戳小伍的额头:假话。恋爱两年半,被你瞅少了吗?小伍说:你要不信,我把镜子拿来你自个照。小伍真把镜子拿来,镜子里就有了两个人头,玉的头在前,小伍的头在玉的后面,都在笑。笑着笑着二人眼睛集中到彼此的眼袋上,昨晚一夜睁眼让二人的眼袋有了倦怠和变黑。

以后,小伍把整个身心都给了玉,玉也极尽柔情,说似水一点也不过分。小夫妻如胶似漆,一时半会儿分不开。上个厕所,一个在前,一个跟在后,到厕所了,一个在里面方便,一个站在外面等候,村民又是羡慕的嘴巴啧啧,与小伍同年龄的哥们羡慕得直吐口水。有个哥们开小伍的玩笑,说把玉让给他一个月,死了也值。

但这哥们仅仅看到了表面。三个月后,小伍发现他与玉的情感发生了暗流涌动,在朝相反的方向逆转。玉柔情似水的背后,却有一颗桀骜不驯的心。小伍是看不到,但小伍能感触到。这个时候小伍就联想到以往众人议论玉的"种种",难道玉又想旧病复发？又想回归到遭人议论的那个玉？小伍有这个心思作祟,就暗地观察玉,感觉玉笑的也不正常,走路也不正常——以前小屁股像是不扭的现在却故意扭动起来了；说话总像是说了一半留下一半,给人模棱两可的感觉。但小伍只能意会在心,又不能当面说出来,一张纸不撕破它就是完整的,一旦捅破就毁了。

　　小伍要扭转,不能让这股暗流继续涌动下去。小伍想了很多办法,有硬的,也有软的,但通过出兵布阵,发现在玉的身上都不会产生效果。最后,小伍选择了情感。"以情动人",书上这么说的,社会上众人也是这么说,它比利剑,它比拳头,它比大声怒吼都管用。遗憾的是,小伍没有拿情感当武器的经验。没有经验可以搜集整理,可以学习重新掌握。小伍搜索枯肠找来了一尺多厚的情感方面的书,还有情感专家的专著,小伍系统的学习。玉莫名其妙:小伍,你搞什么鬼啊？我小时候就不爱学习,我一见到书本就头疼。另外你找来的都是情感书,你想移情别恋啊？玉反打一耙,搞得小伍非常被动。小伍说:这个事情与你有关。你要是,你要是——小伍不敢说出后面的话来。可小伍越是不说,玉越是要知道后面的内容。小伍求饶:玉,你就不要逼我了,我们好好过日子。玉黑着脸:小伍,你要不把话说清楚,我们的日子没法过下去了,从现在开始,你不要挨着我睡了,我们各睡各的。小伍万般无奈,张开嘴巴,气息粗地出来又粗地进去。小伍说:玉,我实在太爱你了,可你为什么一天到晚只瞧你的手机,还在你的手机上发信息,说"你等着我,我最多半年就将他脚踢出局",你现在结婚了,你心里不能装着那个人啊！

玉听后忍不住大笑,笑红了脸:不错,我是发过一条信息,我只是测试一下你的情感承受能力而已。小伍着急地说:感情的事能测试吗?玉收起笑,当着小伍的面删掉手机上的所有信息,然后紧紧地抱着小伍:你不要乱想,从我在娘家要物要钱帮助你家,我的心就一辈子定在这个家庭上。小伍一分析,马上将两手放在玉的臀部将玉抱了起来。

融为一体

下班的小伍走到自家门口时,两只眼睛圆溜溜地瞪起来,大门上挂上了一面光滑清亮的镜子。此时粉红的夕阳斜照过来,镜面上的闪光耀着小伍的眼睛。美观的红色大门上挂一面镜子多丑啊。在这视觉美丽环境幽雅的湖滨小区里,没有另外一家在门上这样挂镜子。

小伍进屋质问坐在沙发上的母亲。母亲微笑着,向小伍作了简洁的解释,叫小伍不要问下去,叽叽喳喳,不能让镜子产生它应有的灵性。母亲说她最近老做一种让她惊醒的冒冷汗的噩梦,就特意去了法术灵验的算命先生那儿,同时这个灵验方法,也是母亲小时候在很多人家的门上见到过的,是避邪驱鬼的最佳手段。

小伍生气,返回身要取下镜子,但母亲拉着小伍的后背:"不要乱来!不要把娘的好心情惹怒了!"母亲生硬的语气,让小伍无可奈何,只好叹出一口粗重的气息,返身坐到沙发上,自己生自己的气。过了三分钟,母亲细心地做小伍的工作,希望小伍想通这件事。

小伍说:"算了,你要如何折腾由你折腾去,我不介入了。"

母亲说:"这本身不是你应介入的事,你上你的班,回家吃你的饭睡你的觉。"

一星期过去了,又一个星期过去了,小伍每天回家时面对门上的镜子,由以往的看不习惯,慢慢看习惯了,于是与母亲,再不就此事发生意见。很快,过去一个月,这个星期一,又是小伍早起上班的时候。但在床上刚坐起,小伍就惊呆了,自己的衣服原来搭在椅靠上,此时乱七八糟,竟然甩在地上,同时一只裤子口袋裸露在外。小伍的第一个反应是昨晚家里被盗。马上,小伍就放声喊母亲,查看家里失掉了哪些东西。小伍下床时,闻声的母亲也起床了,脸色苍白,跑进小伍卧室,惊恐万状地说:"快,快,打电话报警,我的卧室也被翻得乱七八糟,我简单瞧了一下,家里几乎翻遍了,家里值钱的东西全部盗走了。"

警察接到报警后很快赶到,在家里各个角落搜寻证据,然后向小伍和母亲,详细询问了一些对他们有用的细节。母亲说着说着,眼眶里蓄满清亮的泪水。警察走时对小伍说:"安慰你母亲不要激动,根据我们现场勘察,很快会破掉这个案件,我们心里有一本账,应该是那伙人所为。"警察没有说那伙人的姓甚名谁,走了。

三天后案件告破,小偷被抓,警察将小伍家里失去的东西,全部送还小伍的母亲,其中有小伍母亲一对白金耳环,那是小伍父亲生前给小伍母亲留下的最好礼物。小伍有一事不明,为什么楼上楼下,都比小伍家有钱,而小偷单单光顾他家,邻居家安然无恙呢?警察说:"审的时候小偷坦白,是你家门前挂的镜子让他

产生了下手之心,觉得你们家有镜子避邪,你们会放松警惕。当然,小偷的手段也是高明的。"

这时,只听"哐当"一声,母亲取下门上的镜子,用力地摔在地板上。母亲生气道:"哪里是避邪,完全是招邪!"

小伍在扫地上的镜碎片时,偷着笑了,因为从今以后,环境幽雅的湖滨小区,因为小伍门前没有那个不伦不类的镜子,而显得融为一体。

手　机

家里就她、丈夫和儿子三个人。家里现有两部手机,儿子在外打工有一部,家里一部她与丈夫共用。不过共用是共用,但接听电话十次只能有一次是她接听,九次是丈夫接听或打出去的。丈夫爱玩手机,对手机有一种嗜好。平时不接打电话,丈夫坐在那儿也是玩手机,听歌,用手机玩一种简单的小游戏。

丈夫明天出远门打工,离家有三千公里,去了不会三两月回家,少说要八个月工程结束之后。手机对丈夫重要,家里没有手机也不行。丈夫说,今天就给她买一部新手机,信息时代,家里没座机必须配一部手机。丈夫出去了,一个小时后回来,给她一部新手机。丈夫说没花几个钱,功能简单,但接听电话还是不错的。她说行了行了,能接电话就行了。

当晚,丈夫与她在床上又谈到手机话题。第二天清早走时,丈夫又嘱咐她:"以后在家里,每天问一遍小崽子的情况,有个风吹草动赶紧处理,处理不了就通知我,我撵回来。"

小崽子是指儿子。她说知道了。她又说儿子现在变好了,不要丈夫过于操心和担心。平时在家里,丈夫接听儿子的电话后有笑脸,她跟着有笑脸;丈夫阴郁着脸,她的脸也阴郁起来。

她送丈夫送了两公里,夫妻俩分手而别。回家后她给手机充电。到傍晚,她给儿子打电话。通了。儿子在电话里亲切地喊妈。儿子说他现在工作开心,生活快乐。她说:"听你爸说你现在又换工作了,当了一名洗车工。"

儿子说是的,说非常喜欢这个工作。她问儿子一个月可以挣多少钱。儿子有半晌没说话,过后笑着说够用。够用就好。她不在意儿子在外面挣多少钱回家,只希望儿子挣钱够自己花就可以了。

以后,她白天不给儿子打电话,怕影响儿子工作。她只在晚上新闻联播以后给儿子打电话,认为这时间好,儿子也吃了饭,心情自然放松了。一连十三天,她没发现儿子像丈夫说的那样在外面瞎来。

这晚给儿子打了电话,她再给三千里外的丈夫打电话,反映儿子的情况。丈夫先说好好好,说儿子长大了,接着又说太阳不会从西边出来吧。她说丈夫是挑着担子不换肩,一条道走到黑,还是老眼光看儿子。

这天星期天,儿子突然回家了。她高兴得脸上笑容一直没断。她给儿子烧好吃的,问寒问暖。但儿子走时寻她要五百元钱。儿子说工资没发,手头有些紧,等月底发了工资就还给她。家里恰好有一千元现金,她拿出五百给了儿子。怕丈夫生气,这件事她没有告诉丈夫。一个星期过后,儿子又回家寻她要了五百元。儿子出门时,她倚着门框望着儿子背影一脸失望,有一种说不出

来的滋味。

　　她终于明白了,她每天给儿子打电话过去,或接听儿子的电话,儿子向她说这好那好,原来都是骗她的,假的。当然,她给丈夫打电话说到儿子的情况也是假的,也是骗丈夫的。

　　这天傍晚手机又响了,她瞧电话号码,是丈夫的她就接,是儿子的她不接。她已经怕接儿子的电话,儿子近期打回的电话,都是让她伤感的。但伤感归伤感,她心里依然爱着儿子,她认为不接儿子的电话也是爱儿子的一种表现。她把电话挂断了。

　　第二天儿子气呼呼地回来,黑着脸说:"妈,你怎么可以不接我的电话?"

　　她说:"我现在实在后悔有了这个手机。你把手机带走吧,以后也不要给我打电话。你要打电话,你给你爸打吧。"

　　儿子说:"你这是借口,就是不想让我在家里拿钱。我有困难嘛,以后会还给你的。"

　　她说家里没钱,真的没钱,儿子不信可以在家里搜寻。儿子相信家里有钱,在家里真搜,结果搜遍了只搜到了三百元。显然儿子嫌少,走时带走了丈夫给她买的一副五克半的足金耳环。

　　儿子走了。她落泪。都是手机惹的祸。她举起手机砸在地上,手机裂成了两开,电池飞溅到她的腿上。她不觉得腿痛,觉得心在痛。其实这关手机什么事呢?

惊　吓

午饭时妻子烧了牛肉火锅。牛肉在锅里沸腾喷香,弥漫了这间又是卧室又兼厨房的房子。妻子朝我碗里挟牛肉,说我开车辛苦,怕我身体瘦了要我多吃。妻子说猪肉补身体是最好,但我不爱吃猪肉,只爱吃牛肉。妻子又说了女儿最爱吃牛肉,三天前就吵着要吃。妻子说:"今天这个牛肉火锅,是为你和女儿特意烧的,你们一定要吃完。"女儿坐在我们旁边,望着我和妻子微笑。我问今天是不是女儿过的八岁生日?妻子说:"是的,让她吃牛肉,给她买了小蛋糕,可以了。"

我说这太简单,要把女儿引到商场,让女儿挑选她喜欢的衣服和玩具。

妻子要省着用钱,说她的工作还要等半个月,目前只是我一个人在挣钱。

我说:"没事。这个月跑的运费我的最高,雇请的八个司机中没有哪个超过我的。刚才我去查了运费记录,回来路上我就在想,等钱发下来,我们就去租一间大点的房子住,要带厕所与厨房的,不能像现在这样,夜晚上厕所也要走一百多米,睡觉还能嗅到饭菜的味道。"

妻子承认我说的有道理。但又劝慰我出门打工不是享受,租房大小将就能住就可以了,不必挑剔。

提到房子,我们马上谈到对面围墙的那边,住在四楼上的肖春一家。这公司过去是国企,现改制为一家民营私企。肖春夫妻

以前就在这家国企上班,五年前夫妻双双下岗,至今都不愿出去找一份工作,靠改制时补偿的一笔钱及肖春意外得来的收入生活。住的房子,还是以前国家分给他们的不足五十平方米的老房子。

妻子说想到他们一家生活艰苦,我们就应该节省开支。

我生气地说:"他们饿死了没人叹息,他们懒惰;肖春老婆成天只喜欢打麻将,肖春一天到晚扛着一杆猎枪打鸟。哪里是打鸟,纯粹偷打人家的家禽。昨天他还在猎枪尖上挑着一只死鸡,他那得意的神情活脱就是掠夺村庄的日本兵。"

妻子提醒我:"你不要招惹他,听说他暗地专诈外来打工者的钱。前天我从菜场回来,见他诈一个外地小青年,吓得人家脸色发白,给他下跪了。"

我气咻咻地说:"他逞强,是仗他姐夫是这个辖区的派出所所长,不然他敢一天到晚扛着猎枪晃来晃去,人家早用棍子打瘸他的腿了!"

妻子突然醒悟地说:"明白了,难怪肖春妻子偷人家的菜,人家逮到了她,可是两手举起来,最终却放了她。"妻子要我以后遇着肖春就绕道走,不与他面对面,保持距离,这样井水不犯河水不会招惹他。妻子说肖春那个土匪相惹不起的。我继续吃牛肉,说不要妻子提醒,我知道如何应对。

这时"嘭"的一声,震耳欲聋。来得太突然,吓得女儿哇哇大哭,吓得妻子尖叫,撸紧女儿并将头埋在女儿身上。我正好将一块牛肉塞进嘴里,我吓得喷薄吐出牛肉,整个脸部变色,只是没有像妻子和女儿那样大喊大叫。我是一家之主,很快镇定下来恢复了常态,安慰妻子和女儿是虚惊一场,没事了。

但刚缓过神的妻子头一抬,又是一声惊叫:"你看,你看——"

妻子指着门边那儿的窗户,指了窗户又指地下,要我快瞧。妻子吓得又将女儿撸在怀里。我一瞧险些发出了惊呼,窗户玻璃上出现一个大洞,窗户下面的地上有一个还在冒着淡淡白烟的弹壳。

我明白是怎么一回事了。猎枪子弹我是认得的。我对妻子说这个房间不能住下去了,必须马上离开。

出了公司大门妻子问我,为什么有人要朝我们的窗户开枪?是肖春吗?

我说:"我们成了肖春的下一个目标,他是先给我们一个下马威,让我们给他送钱。"

妻子失望了,问现在我们去哪儿。我说这家公司不能打工,多的是打工的公司,我们换一家新的。

拨动的纸船

小明与父亲在国道边下车。下车后小明就冲父亲发火,说父亲骗了他。小明开始急躁,胖脸涨红,身子转圈将四周扫了一眼。来之前,父亲说带小明到一个风景区,而这里,除了一望无际的稻田,及稻田中间点缀的房屋,什么都没有。

小明跺脚:爸,你说风景,风景在哪?父亲微笑:你别急躁,我承认我骗了你,可我也是好心,让你在这个暑期里陪我学做生意,将来多掌握一门生活技能有什么不好呢?你自己扪心说说,你都十四岁,却缺乏吃苦精神,什么怕热呀,什么怕晒太阳呀,而

且在家衣来伸手,饭来张口,这不是缺点的问题,它影响你将来的成长方向。小明再次跺脚:爸,什么叫成长方向,我不懂,也不想懂,只想现在回家!父亲一改往日的慈祥,默脸说道:来了,事情不做完,甭想回去!小明摇头晃脑:我能做什么呀?我什么都不会!父亲说:不要你做什么,我做生意,你陪着我。不经风雨,长不成大树!小明蹲下身,两手捂脸,要哭。

父亲做的生意走村串户。父亲挑着担子,让小明跟着拎一些轻松物品。天气炎热,父亲故意买一顶草帽,自己不戴,让小明戴,以此感化小明。但小明一边走还是一边埋怨。父亲说:我挑着担子,你轻松走路,我不埋怨你,你没有理由埋怨我!小明说全身衣服汗湿了。父亲说:大热天,汗湿衣服是常理,没有这点吃苦精神,将来能办什么事呢?

小明实在后悔来这一趟。小明做梦都没有想到,从不谎话骗人的父亲竟然谎话骗了他。好在苦日子只有两天,生意做完了,小明回家。小明突然有了精神,胖脸上出现笑容。父亲把小明送上火车,交给小明一张回家的火车票。父亲说:我要去另一个地方再做别的生意,你一个人先回,路上小心,不要坐过了家乡火车站,下车后就回家。这不成问题,小明答应了。但父亲接下来的举动,让小明睁大眼睛,不依不饶。因为,父亲只给小明一份盒饭钱。小明说:我要坐四个小时的火车,我要喝水,我要吃饭,这钱怎么够?父亲就给小明买来一瓶矿泉水,然后下车,不管小明乱嚷什么,父亲充耳不闻地走向火车的尾部。

小明感觉受到极大的伤害,认为父亲太过分了,小明怀疑自己是不是父亲亲生的。由于手里没钱,小明下车后步行回家。好在火车站离家不远,小明只走了四十分钟。到家时,母亲早等在门前。可是一进家门,小明傻了眼,父亲竟然坐在吃饭桌边抽烟,表情平静。小明一下子不平静,质问父亲:你说去另一个地方再做生意的,怎么在我前面回了家?你又骗了我!父亲微笑:是的,我又骗了你,我与你坐在同一列火车上。小明跳起来:为什么呀?然后抱着母亲痛哭,并要母亲看他脚上走出的两个血泡。小明还把母亲拉到镜子前,看他被太阳晒黑成什么样子!母亲极力安慰:黑不要紧,黑是健康。父亲说:你现在还小,我说什么你都听不进去,但你以后慢慢会明白的,我就是想锻炼你,让你有吃苦精神,明确成长的方向。小明再次跳起来,大声说:我不懂吃苦与成长方向是什么关系,永远不会懂的!我恨你!小明说完跑进他的卧室,"嗵"的一声关紧房门。母亲埋怨父亲:你也是的,孩子才十四岁,锻炼过重了。父亲说:他会懂的,宁可让他现在恨我,也不让他一生恨我。

小明初中毕业时没懂,高中毕业时也没懂,直到大学毕业走入社会,才一下子懂了。父母老了,什么忙都帮不上小明,一切都靠小明自己。生活的路不是一帆风顺,小明经常在工作中遇到各种困难和挫折,但小明每次都能坦然应对。同事向小明取经。小明说:什么经呀,就是我父亲当年让我跺脚,让我脚上走出血泡,让我皮肤晒黑……同事夸小明的父亲有先见之明。小明就这个问题,在这年秋天回故乡时,追问满头白发的父亲。父亲没有解释,用纸折叠了一个小船,放进门前的水池里。小船在水面上漂浮着,父亲用一根木条将小船朝前拨动,小船便顺利地驶向没有障碍物的水面。父亲说:如果小船驶向右边,就要碰撞石头,懂吗?

小明笑说:爸,我懂了!其实,小明走入社会的第一年就懂了。

还　钱

　　村主任老张一回家,屁股还没在堂屋落座,在厨房做饭的妻子跑来向他说事。妻子说:出事了,你把村里老钱介绍到学校修缮校舍,他却偷回了不少修缮校舍的木板。不是我看见的,是屋后何婶亲眼所见。当时何婶恰好上厕所,跟老钱撞了个正着。

　　老张吃一惊,将烟扔在地上,但很快平静了情绪。他说:这件事应该是不可能的,我与老钱是一起长大的,凭我对他的了解,他应该不是这种贪图小利之人。再说这次他能去修缮学校,是我在村委会上力挺他的,他要真这么做了,等于是在我脸上抹黑。我认为是何婶当时看花了眼睛。

　　妻子坚持说:这是真的,何婶说当时跟他还说过话。你是村主任,防止别人说你跟老钱合伙搞鬼。

　　这话老张不爱听,他生气地说:我是贪图小利的人吗？如果是那种人,那天老钱送来一条我爱抽的烟感谢我,我就不会发脾气让他带回去!

　　妻子说:依我分析,老钱把那些木板拖回来,纯粹想给他儿子打结婚的家具。

　　老张又点上一支烟:不要议论这事了,是真是假,我饭后到他家里一追问就清楚了。他那个人像我一样,巷子撵猪直来直去,夹不住一个屁!

　　果然,老张饭后去老钱家里追问老钱时,老钱供认不讳。老钱惭愧地说:对不起张主任,我是鬼迷心窍给你脸上抹了黑,明天我全部退回学校,一块小板板都不留。说实话,我是困难怕了才犯此下策,我是混蛋!

老张猛抽一口烟说:无风不起浪,这老古话真是没说错。你有困难是事实,但不能做出这种缺德事,你知道吗?那是修缮学校,如果是我自家做屋,你把我的偷光了我也不放一个屁!

老钱请求老张饶他这一回,还举起手抽打自己的脸。他望着老张说:看在当年我帮过你的那一回,请你将我这件丑事在黑暗里压下去,张扬出去了我就无脸见人。

老张一声不吭,气呼呼地起身出门。

第二天,老钱刚到学校,一位村副主任就通知老钱:你把木板送来了,你可以回去了,至于你这段时间修缮的工资,村委会决定充当罚款。

老钱回家时脸气成了猪肝色,工资充当罚款让他的心在滴血。他知道处理结果是老张的意思,于是回家路上没有停嘴地咒骂老张。咒骂似乎不能解他心中的气,他将手里的斧子用力甩进路边的草丛,发誓这辈子再不当木工。老钱自语道:就是典型的过河拆桥的孬种,去年不是我听信他的怂恿,个个村组给他拉选票,他别想当上村主任!

但是老钱回家一看,老张早坐在他家里等他回来。老张主动上前递给老钱一支烟,随和地说:住在一个村,早不见晚见,晚不见早见,至于这样见面了如同路人?说着,拿出一摞现金放在老钱的吃饭桌上:这钱是你修缮学校的工资,一分钱不差。我知道你现在心里在想什么,但我们办事一码归一码,我怂恿你那件事我欠你的,你偷学校的木板是你欠我的。凭心说,我现在非常后悔当初怂恿你替我办那件事,如果是别人当村主任,村里工作肯定更好。今天我对你透个信息吧,等学校修缮完成学生上学之后

我就辞职。

老张真心实意地向老钱说了对不起,就径直出了门。

老钱愣着,拿着钱瞧着时更是发愣,突然醒悟这钱是老张个人掏的腰包,就马上攥出来喊老张,可是老张早就消失在了夜色里。老钱站在屋场上思绪翻腾,后悔、感动和敬重油然而生。他忽然想到这辈子做得最好的一件事,就是听信老村主任怂恿帮老张当上村主任。这钱不能要!老钱脚步匆匆,赶紧去老张的家里。

辍　学

叔叔和婶子步步紧逼小红,要个明确答案。小红总说是自己不想读书,厌烦读书。小红以前读书好好的,实然不想读书,显然不是充分理由。小红于是深入一步解释,说读书与不读书差别不大,村里几个文化浅的姑娘,不比几个文化深的姑娘混的逊色。有位姑娘嫁给了有钱老板,现在比哪个都有钱。

婶子说:小红,你爹妈病死时把你托给我们哺育,这五年我们对得起你,左邻右舍都看在眼里,你背后可以打听。但是人无完人,我们要是哪里做的不周全,你说出来,我们一定改。来到我们家,就是我们的亲闺女,我和你叔叔有半个孬心,天打五雷轰。

小红赶紧起身,说婶子太想多了,根本就不是叔叔婶子对她不好她才不想读书,确实是一见书本头疼生气,恨不得撕碎。小红说:叔,婶,你们硬逼我留在学校,只能浪费钱,让我本来不恨你们的,却对你们生出恨意。现在我只想退学,退学后去打工。以

前来家里玩的何静,你们该记得吧?她去年就没上学了,在外面打工。上个星期我们还联系过,我想去她那儿,是个伴好照应。

叔叔抽起烟,叹息一声。叔叔说:闺女,你要想好,文化浅了出门打工,坐不上办公室,要进车间干活,那样很累的。你问问何静,看我说的对不对?

小红就要叔叔放心,她都长成一米六高了,车间哪行工作都累不着她。叔叔就猛的抽烟,再叹息,然后拉着婶婶出去,对婶子说:算了,我们不要逼小红,看来她是死心不想读书了。我当小红面是那样说,其实年轻人不是只有读书一条路可走。这让我想起我年轻时,也是读不进书,坐在教室里比下地干活还累。算了,让小红去外面锻炼一下,再想办法让她学一门手艺。

晚上,小红在床上睡不着。小红在想心思,同时聆听屋外的风声。初冬北风在屋外呜呜吹,屋檐有一截枝条,被风吹得撞击墙壁。小红想的都是父母的画面,一个接连一个。画面中有父母的笑,也有哭。父母临终时的嘱咐,小红一辈子记得。怎样安葬父母?怎样走进叔叔婶子的家?怎样在这间卧室里聆听风声雨声和雪声,小红都忘不掉。想着想着,小红在流泪,用被子把头蒙住,不让细小的哭声惊动沉睡的叔叔和婶子。

过了三天,小红坐上火车去了何静那儿。头两天在车间做事,小红手掌打上血泡,针挑破,流出血水。但是,小红一个星期后做事手就不疼,不打血泡。何静玩笑地说:小红,你适应了环境。小红说:不是适应环境,是我真正找回了自己,以前是假的,现在才是真实的。何静迷茫地瞧着小红。小红说:以前在叔叔婶子家,吃的穿的用的都是叔叔婶子给的,现在是我自己挣的,独立了。小红想表达什么呢?何静听着愣头愣脑。何静说:你叔叔婶子对你不好吗?小红说:不,他们对我非常好,真的没有见外

我。以后我赚钱了，一定孝顺他们。何静扳正小红的头说：瞧着我的眼睛，不许撒谎。我问你，你学习成绩不错，为什么辍学？小红打下何静的手：回避这个话题，说别的。何静说：凭我对你的了解，你辍学肯定与你生活在你的叔叔家里有关。把我当朋友就说实话，不当朋友可以敷衍了事。小红沉吟半晌后说：好吧，实话对你说，内心里，我真的不想辍学，非常想读书，可一想这样大的人，还一切花费叔叔的，心里就不是滋味，觉得愧疚。更严重的，是我不能见到叔叔或婶子给我钱，每次收下钱，心里就似刀子刺。我不清楚，叔叔婶子对我那样好，我为什么要生出这种想法。我经常责怪自己不能这样想，但越是不这样想，却越是要这样想，有时想到半夜还睡不着，有时还想到"寄人篱下"。何静说：不是别的，是你脑子出了毛病，要是你叔叔和婶子知道你有这种想法，真的会骂你无情无义，恩将仇报。小红垂下头：唉，是呀，我明白我对不起叔叔婶子，他们真心实意对我好，希望我考上大学，一生有所作为。不过我要嘱咐你，不要把我真实想法说出去，不然，我跟你拼命！

何静吃惊地追问为什么，小红激动地说：没有为什么！

小红这是第一次发脾气，何静看见，小红的粉脸因激动而扭曲。

傻姑娘

在县城汽车站，小红买好车票出来时，头上挤出了汗。这天腊月二十八，车站人山人海，都想回家过年。两天前刚下过一场雪，现在雪是不下了，但天依旧阴着，空气生冷生冷。五分钟后，小红感觉全身变得冷飕飕。小红两手抱在一起，两只脚在地上跺，增加身上的热量。

远处有一堆没有融化的积雪。小红十九岁，脸皮儿薄，北风刺在脸上生疼。不是北风，是刀子，小红想。小红竖起衣领挡风，没有效果。车站角落有一处可避风，小红走了过去。小红蹲下，两手捂脸。但北风追着小红，小红就将两手卷成喇叭的形状，捂在嘴上取暖，面前冒出一道一道的哈气。

一个儿童这时跑过小红的面前，边跑边喊：大家快去看，车站大门口丢了一个孩子！

爆炸性新闻！小红忘记了冷，跑到车站的大门口。早拥来很多人围成了一个圈，惊慌的议论。有人摇头，有人叹息，有人在骂，还有一位中年妇女垂着眼泪。小红从人缝里钻进圈的里面，看见了装着婴儿的花篮。婴儿的真容看不清楚，用厚厚的棉絮包裹，面前盖着一块干净的红布。小红揭起婴儿脸上的红布，婴儿闭着双眼，小红又把红布盖好。

有人怜悯地说：孩子在这样的冷天会冻死的。孩子的父母真狠心，不想要孩子就不要把孩子生下来，国家应该严惩这种不负责任的父母！

有人做推理:这孩子肯定是个私生子,父母有难言之隐才丢掉,让好心人捡回去逃一个活命。这样的事情在我们这个地方一年总有几次发生。

一位老妇人弯腰,看了看孩子说:哪位有能力,好心收走这个孩子,从来说逆境逢生,这孩子将来定会大富大贵。

一位清洁工大婶蹲下身,看样子想收走这个孩子,但端详孩子后悲痛地起身离开。小红拉住大婶:大婶慈眉善目,发个善心收养这个孩子吧。小红给大婶跪下了。

大婶拉起小红,一脸苦相地说:大婶一个月工资才几百元,真心是想收养,就是没有这个收养能力啊!大婶摊开两只饱经风霜的手,爬满皱纹的脸上全是无奈。

大婶走了。这时篮里的婴儿"哇"地哭起来。小红赶紧哄婴儿,但哄不住,婴儿的哭声变得沙哑。车站工作人员过来追问怎么回事,哪个的孩子?小红抢嘴做解释。工作人员大吃一惊,扶整头上的帽子:岂有此理!工作人员喊来一位扫地的大叔:付你十元钱,把这个孩子送到别的场合!有人提议:最好送到一位有钱人家的门口,让孩子逃个活路。也有人持不同见解:把婴儿送到派出所,这样最安全。

小红想,有钱人家不要怎么办?派出所擅自扔掉怎么办?小红不敢往下想,越想越怕。所以,大叔拎篮子的时候,小红倏地拦住大叔的手:大叔停手,这孩子我拎回家。我家只有我这个女儿,我妈早想收养一个孩子,就是没有遇到一次机会。以后在世上,我不想孤单,我想有个伴。我家住着三层楼房,我爸爸一个月几千元的工资。围观的人议论小红态度诚恳,不是一个撒谎的女孩,离开时都说可怜的婴儿遇到了好人家。

但是,小红一回家就遭到父母的反对。父亲着急地说:我抓泥捧土,养你险些挣断了筋骨,哪有能力再养一个?妈抡起手要打小红,语气像刀子:这辈子我不能生,把你个呆子捡回家我如今还在后悔,你再捡回一个呆子,是不是成心气死我和你爸?这孩子肯定先天有缺陷,是健全的哪个愿意丢掉?就像你,不是呆头呆脑,你亲爸亲妈能丢掉你吗?赶快送走孩子,哪儿捡的送回哪儿,大过年的沾这种晦气事,你个呆女子,你是在城里帮人家洗碗越洗越呆了。

小红央求:妈妈,留下这个婴儿,以后我挣钱养活。母亲跺脚,抡起手又要打小红。

爸爸对小红说:小红,我和你妈都有病,养这个孩子等于害了这个孩子。我把孩子送到镇上的福利院,交由政府就放心了。

爸爸拎着篮子出门,在寒风中一步一步地走。小红一直跟在爸爸的后面。傍晚时的寒气更重,凛冽的北风一阵紧似一阵,光秃秃的树枝在嘶叫,树叶在空中飘飞。小红望着麦田边没有融化的积雪,想自己的亲爸亲妈在哪里,想自己是真的因为傻呆而遭遇父母的抛弃吗,自己是真的傻呆吗?

回 乡

他在岔路口下车回他的老家。他双脚沾地时打了个寒噤。仲冬的天空昏黄。太阳似有似无。北风中树枝发出呻吟,枯叶飘舞空中。他瞧一眼空中,枯叶被吹得忽高忽低,忽左忽右。他走上一条机耕路,两手合拢放在嘴巴上哈气,接着竖起他的衣领。

他脚步匆匆,北风压抑着他的脚步声。十五分钟后,他走完机耕路,走上一截麦田埂。田埂连接对面的村庄。他必须经过眼前的村庄,才能到下面那个村庄。下面那个村庄是他的老家。他瞧一眼眼前的村庄,目光深情,但很快垂头,眼光落在面前的黄土地上。

一个赶牛喝水的老人,从村庄出来,走向这块麦田。他瞧一眼,心里一惊。他认得这位老人,是他朋友的父亲。朋友是他青年时代结交的,三年前短短见过一面,之后就再没见面。朋友父亲的身体没有改变,依旧是过去那个瘦瘦高高的模样。

他大步朝朋友父亲走去。朋友父亲认出他,笑容布满老脸:哟,原来是小明,稀客啊。快到家里坐,赵杰正好在家里烤火取暖。

小明是他的名字。赵杰是朋友的名字。

他向朋友父亲喊了一声伯父,送上一个友善的笑脸。他抱歉地说:对不起伯父,我先回家里,你回去后给赵杰哥说一声,改日我一定登门拜访。

朋友父亲点头,给他一个笑脸。他再次说了一声抱歉,回敬一个笑脸。

他走了约一百步远,回头望,朋友父亲正在瞧着他。一阵风过来,卷起了地上几片枯叶。

他的脚步迈得更快了。他心里的想法是,早一点消失在朋友父亲的视线内。

他心里,突然冒出一种酸酸的感觉,最后袭击着他的全身。他难过起来,走到朋友的家门前,却没有勇气进朋友的家里,向朋友问候一声。还有朋友的爱人,他曾数次喊过嫂子,也应该向她打个招呼,问候一声,不记得多少次了,他吃过她亲手烧的喷香的饭菜。

应该说,他是第一次对人说谎,而且竟然是朋友的父亲。他住在五十公里外的城市,因为三年没有回老家看母亲,前天陪母亲住在乡下的四弟来信说,母亲的身体非常差了,眼睛快要失明了,经常念着他,希望他工作闲时回家一趟,所以他这次回老家了,想送给母亲两千元钱。

他没想到他会邂逅朋友的父亲,没想到这么巧合。他一边走一边想,朋友父亲回家后告诉了朋友,朋友会做何感想?会不会想到距离痛失友谊?这句话,当年他从老家搬进城市时,朋友送他,在那个山峁上两人握手时说的。他当时说不会,一辈子不会,为证实他的真诚,他把朋友的手紧紧地握,紧紧地握。

他见到母亲了。但母亲一见到他就问他从朋友门前过,有没有看过朋友。他说:没有,却碰见朋友的父亲。母亲沉思,半晌后说:你应该去的,亲戚不走是丢,朋友不走是疏,结交一个朋友是三辈子修来的缘。知道吗,这几年你住在了城里,你的朋友每年过年时都要来给我拜年哩,人家就没有忘记你们当年结下的友谊。

晚饭后,他站在屋场上。北风没有停歇,天依然昏黄。他打了寒噤,去避风处。他想起母亲的话,想起朋友。他清楚,朋友对他是最好的,只是他无脸面对朋友和朋友的爱人。他的两腿没有力量迈进朋友的家门。二十年前,他曾经跟朋友击掌为实,将来在朋友基础上深化一步,成为儿女亲家。朋友生育了一个女儿,他生育了一个儿子。三年前,二人最后一次见面,朋友旧话重提,他含糊其词。不是朋友的女儿不尽人意,相反非常漂亮,主要是朋友家里太穷了。朋友清楚,是他在中间阻止了这段好的姻缘。去年,他的儿子结婚了,但现在经常半夜吵架,砸东西。他最喜欢的

一个花瓶,就是被儿媳妇打碎的……

这晚他在床上辗转反侧,睡不着,听屋外的北风一阵紧似一阵,天亮时他去朋友的家,但两腿走了几步就停在那儿。

空

老张发现家里被盗,沙发移动过,客厅柜子翻腾的乱七八糟,挂在墙上的一幅画,被扔在地板上,皱成一团。老张心里嘣嘣直跳,没捡地上的画,赶紧跑进他的卧室。卧室比客厅还要狼藉,柜门开着,床铺上掀成了底朝天,书籍乱扔。老张跑进卧室时,一本书拌了他的脚,他险些扑在木地板上。老张顾不得收起书,蹲下身,从床铺底下摸出一个小铁皮箱子,一瞧傻了眼,箱上的锁被撬,再翻开箱盖一瞅,顿时成了一个泄气皮球,颓然坐下。

放在箱里的一千五百元现金被盗,所有金银首饰洗劫一空,仅留下没用的票据和存折。老张退休了,现金丢失固然心疼,但最疼的是那些贵重首饰,换成钱不是小数目,老伴常说,这些首饰是他们一辈子的心血,老伴特别特别珍惜。同时,这些不同款式的首饰,是老伴在各个不同时间段,不同地点购得。反过来说,即便现在有钱,也不一定能购得这种款式的首饰。

老张失望之极,站起来。他害怕老伴回家,把他生生地剥皮吃掉。老伴现在跟一个老年旅行团在外地旅游,两天后就回来。老张给儿子打电话,报告家里的不幸,说话声音都是哑的。

一会,儿子匆忙回家。进家二话不说,冲进自己的卧室去翻抽屉,翻完了,眼光成了直线。坏了,抽屉存放的U盘被盗。儿子就冲老张发火:看你照的家,把小偷照到家里了!我的U盘,我的U盘啊!

老张了解U盘,就是一个小的铁疙瘩,购一个,最多百多块钱。老张说:我待会去电脑城买个新的。

儿子跺脚:你以为它就是一个U盘啊,你不懂!儿子不说真情,U盘里有儿子掌握领导的"材料",还有一段裸体视频,是儿子与爱人好玩,在卧室自拍,若露到外面了,不是一般的后果。

儿子报案后走了。老张清楚,报案只是一个过场,派出所破不了这个案件。老张情绪低落到了冰点,恨楼梯口的防盗门,锈迹斑斑,不能上锁,纯粹是一个聋人的耳朵——摆设,孰有不被小偷长驱直入之理?

接下来,老张、老李和老何等十二位业主,商议换一个崭新的防盗铁门。但有人说老张家被盗是因为老张家里有钱,言外之意,小偷为何不撬别人的家?还有一层意思,暗指老张想换防盗铁门,可以自个掏钱。这样在一起座谈了三次,没有结果。有人公然说,出钱换楼梯口铁门,不如更换自家的防盗门,让它牢固可靠,小偷撬不开。老张由此生气,吃饭不香,打破一只碗解气。老张骂道:不想出钱,让小偷偷光你们的家里!

于是,老张自个掏钱,在楼梯口换上新的防盗铁门,配十二把钥匙,一个业主给一把。有人就夸老张是活雷锋,做好事就做到底,想杜绝楼房不进小偷,就是堵死楼前的行人,楼前没有行人了,小偷来就暴露在光天化日之下,大白天敢来吗?平常,楼前是人来人往,去菜场的,去商场的,都从此经过。实际上这不是一条规定的人行道,人行道在楼房后面,是行人想抄近道,节约时间。

老张买来红砖,请来瓦匠师傅,说明一点,还是老张自个掏

钱的。老张在楼房左边垒起一堵墙,有工厂的围墙高,完全将"人行道"封杀了。刹那间,楼房前安安静静,没有躁动声,偶尔有走动或说话的,不是外来人,是业主。老张这天进行了一次全天候的观察,没有见着一个陌生的人影。

老李和老何就赞老张:敬佩,你老张这回办了一件安全大好事,小偷就是长翅膀,也插翅难飞。

事实证明,楼房里后来再没有遭遇小偷。

不过,后面出现了另一个意想不到的情况,业主们以前听惯了吵吵闹闹,看惯了人来人往,觉得是亮眼的风景,是不花钱的享受,一下子面临寂静,觉得难熬,觉得不习惯。老李说,现在安静过分了,他心里慌。老何说,我不是心慌,我是进入了冰窖。

老张的情绪也起了变化,没封杀"人行道",他经常在楼前碰见退休的老钱,二人见面了,抽支烟,唠嗑往事或新闻,现在一坐就是几小时,碰不见一个跟他说话的人。这让老张有时坐着,眼神迷茫。这天,老张又坐在台阶上,老李过来了,问老张在想啥,老张红脸,浅浅地笑,显得无奈,只说了一个字:空。

小 红

小红闭着眼睛,躺在病床上感觉被人掐住脖子,想喊喊不出,想动动不了,整个人像在黑暗深渊里飞速下落。小红努力睁大眼睛,睁不开,感觉四周都是恐怖声音和狰狞面孔。小红在死亡线上挣扎,终于回到现实中,睁开眼睛,朦胧中见到了白色屋顶。眼睛睁开的刹那,小红问道:春风呢?你在哪?这时小红的手被另一双手握住,是妈妈的手,妈妈一直坐在病床边守候,泪水一直没干。妈妈说:孩子,你终于醒过来了,吓死妈妈了。小红不回答妈妈,继续问春风在哪。妈妈说:小红,这是医院,你出了车祸,现在医院进行治疗。你不记得当时发生的情景吗?妈妈赶紧在小红头上摸,担心小红摔坏脑子

车祸?这两字在小红脑里萦绕,慢慢泛起小红思绪。想起来了,当时春风带着小红一起玩,天气很好,阳光明媚。春风说他老家有喜欢他的奶奶,还有很多杜鹃花,漫山遍野,像铺着红地毯;春风曾拍下很多照片放到微博上,非常美丽。春风这天带小红回他的老家。

回老家是坐车。路是山路,不是直的,弯弯曲曲。车祸出在一个转弯处,从乡村小路驶上省级公路。突然出现一辆大卡车撞上小红和春风坐的面包车……

小红急道:妈妈,告诉我,春风没事吧?小红恢复了思绪,记起当时发生的一切:面包车翻向下面的田沟,小红拼命发出惊呼,后来失去知觉,什么都不知道。此时,小红手臂已经能够活动一下,小红咬牙把左手朝前伸,要握妈妈的手。妈妈握紧小红的手,不要小红乱动。妈妈央求:你现在别管春风,管好自己,好好配合医生治好,这才最重要。小红说:是不是春风出事了?妈妈说:你现在醒过来,就是从阎罗王那儿走了一遭,捡回一条命。这回不怪你,怪妈妈当时没有阻止你,当时不准你去,哪里会发生车祸?幸好命捡回了,又没有残疾,不然会急死妈妈。妈妈就你一个女儿,你就是妈妈的全部,你懂吗?小红望着妈妈,眼角滚出一滴泪:我爱你妈妈,理解妈妈疼爱我。至于春风,我喜欢他,他对我是真心。妈妈叹息一声:别想春风,安心休息。小红挣扎着要坐

起来,但努力一次失败了:妈妈,我明白了,扶我去看春风最后一眼好吗?妈妈说:孩子,你见不到春风,他跟你是同一天进医院,瘸了一条腿,并且失忆,成了植物人,你去找他,他认不清你。你不知道,春风奶奶知道车祸后心脏病急发,现在不知医院能否救活她。春风妈简直恨死你,硬说是你怂恿春风回老家看杜鹃花,才铸成这车祸。春风妈挽起袖子,咬着牙齿,要掐死你出气;是我和你爸及你二舅三舅拉开春风妈。听妈的忘掉春风,再想他,妈就生气。

小红不语,转过脸去,瞧着对面一扇窗户。瞧窗户是假,小红在瞧窗户外面一棵树。树上绿叶旺盛,鸟儿跳上跳下,叽叽喳喳。小红由绿叶,由鸟儿,想起与春风交往的点点滴滴。小红曾随春风去过春风的家乡,山清水秀;春风本人高大自信,英俊清新。春风对小红是真心呵护,有一次背着发烧的小红走了两公里,把小红送到医院;有一次给小红挟小红喜欢的菜挟多了,让饭桌其他在座者目瞪口呆。小红在脑海里尽量搜寻与春风的美好回忆。小红想到与春风的第一次认识,是在小红爸爸开的酒楼。小红想到二十岁生日那天,春风寻了五家蛋糕店给小红定制生日蛋糕,然后给小红一个惊喜。小红与春风是同学,小红由此想到在暑假与春风一起打工锻炼,时间虽然一个星期,可天天是春风照顾小红。最让小红记忆犹新的,是春风用摩托车拖着小红,去城外山坡上寻找野花;找到野花,春风把野花插到小红头上,然后,二人坐在石板上遥望南飞大雁……

小红转过头,妈妈拎着水果进来。刚才在小红回忆往事时,妈妈出去了一趟。

小红说:你真的不希望我与春风继续好下去吗?

妈妈点头:妈妈都是为你好,你要理解妈妈。我对你说过的,春风已经成了植物人。

小红想再喊一声妈妈,但小红没喊,不想喊,转头瞧窗外,两行清泪慢慢溢出小红的眼角。

春和红

红打电话给春,约春到酒吧。春到酒吧时,红正一杯接一杯狂饮。

春佯装生气:少喝几杯,我不想待会儿侍候你。春怜悯地瞧着红,去夺红手里的杯子。红不给,同时给春叫了一杯鸡尾酒。红喷着酒气:我没事,几杯酒醉不倒我,我能喝!春摇头,轻轻叹口气,不想见红这个样子;红好多回就这样,虽然见怪不怪,但春心里就是不舒服。

音乐声嘈杂,说话声混杂,霓虹灯摇曳,这里的人大多寻欢、买醉、体味刺激、品味寂寞、挥洒无奈或苦闷。春和红是密友,一同长大,都很聪明,是公认靓女。可能穷些的缘故,春勤快节俭,也很努力,富裕的红娇气奢侈,也很慵懒。春和红高中毕业之后,一同来到这座城市上同一所大学,不是二人同时考上,春是考上的,红是花钱上的,二人在不同系里读着不同专业。四年后毕业,她们选择都留在这座城市,这座城市的美吸引了她们。春很快找着喜欢的工作,红向家里要了一笔钱开了一家属于自己的公司,聪明脑袋加充足资金,钱滚钱,利滚利,公司利益可观,遗憾的是,红由此任意乱花钱,当钱是纸。曾经多次,红要春到红的公司

工作：你来了，我付你现在工资的三倍作为薪酬。但春总是考虑，考虑就成了春一句托词，一直在"考虑"下去。春一直"考虑"是有原因的，担心去了红的公司，春要仰视红，红要俯视春，友谊难以继续，说不定哪天因为一点鸡毛蒜皮的小事，好姐妹分手。

　　红起身，摇着春的肩膀，喷着酒气：说，发什么呆？春回过神来，"哦"了一声。春说：来之前，我跟我老公吵架了。红说：吵就吵，又不是第一次吵，吵腻了就离，离开不会再吵；你要舍不得，你就忍着，别吵，吵来吵去就那几句，烦！红说着，抓起杯子，把一杯酒又灌进嘴里：知道我今天见着谁了？春皱眉在想，没想出来。红说：我见着峰了，中午我陪客户吃饭，在那儿我看见峰带着老婆也在那儿吃饭，他们恩爱幸福，峰当我的面搂着他老婆，为什么呀？红当时见到峰，峰却没有注意到红。红说着，眼里闪着泪光。春说：这有什么妒忌，人家是夫妻，应该的。你是傻瓜，气坏自己不值，都说被爱扰心的女人智商为零，在你身上应验了。春安慰红，一手握着红的手，一手拍红的后背。由红的提醒，春突然也想起了峰。

　　峰是红的前男友，也是春和红的师哥，在她们上一届，当年是学生会主席。峰先喜欢春，但春对峰没感觉，峰就放弃春，选择红。但恋爱两年，峰不是真心爱红，在红成立自己公司后，开始冷落红，最后与红分开，与现在老婆闪电结婚。峰结婚那天，红整整哭了一天，同时拼命喝酒，从此迷上喝酒，恨峰。

　　春对红说：别喝了，我们回家吧，忘掉往事，让它从记忆里消失。

　　红激动：这能消失吗？春你说，峰为什么今天突然在我面前出现？

　　春说：这不稀奇，人生无处不相逢，何况我们都在同一城市。

不是有那么多男人追你吗？定下一个托付终身,好好待人家,走出峰的阴影。

红忧郁:你说的没错,追我的人排着队,但我对他们没感觉。我不喜欢他们色眯眯的眼光,贪婪的眼神,他们追逐我的人,捕猎我的金钱,你懂吗？红说完,又大口喝酒,一会儿,手里一瓶酒瓶底朝天。红大声吆喝服务员再拿酒来,春阻止了。这时红趴在吧台上,她醉了,醉了仍在哼歌,在说类似吃语。音乐声嘈杂,说话声混杂,霓虹灯摇曳。

春扶红走出酒吧,坐上出租车。在车上,红的手机响了。电话里是一个男中音,带有磁性:今晚寂寞吗？需要我过去陪你吗？红的脸瞬间燃烧,似乎醒酒了:回家陪你妈！挂断电话,扔掉手机。春问打电话人是谁。红说流氓！流氓！伏在春的身上睡着了。

春把红送到家,从红的家里出来,漫步在大街上。霓虹灯闪烁,不知多少美丽在寂寞里迷失,多少平淡在无奈中叹息。春突然觉得,应该找一个爱自己的男人早点把自己嫁出去。

回　家

离开深山老家,第一年上大学,四个月没见到妈妈,非常想念。遇到这次学校放三天假,正好回故乡看望妈妈。我没去汽车站买票,手里正好有张司机名片,上次来时司机送的。名片上面有两个手机号,一是司机的,二是司机爱人的。打司机的占线,就打司机爱人的,打通了,说有位子,叫我在客车必经路口等候。

在路口，我等候一小时，终于等来客车。我上车，把票钱付给司机，发现车里坐满旅客，于是四处找寻位子：电话里不是说好有位子吗？司机说：那个位子在最后面，你去坐。

终于找到那个空位，在客车最后一排，只有半个，不是整的。所谓半个，是指空位旁边坐着一位大块头的男人，人太胖，肥屁股把自己位子坐满了，还延伸三分之一到我的位子上。他此时垂头在看一本时尚杂志。我向他招呼，他抬头就吓我一跳。吓我的是他的脸，就像一个面盆，有我两个脸大，同时黝黑，脸上泛出一种油晃晃的黑光。他瞧我一眼，身子不动，也不吭声，又垂头看杂志。我再次招呼他，他竟然翻我一眼，翻得我全身发凉，意思是继续招呼他，他就对我发难。倒霉，遇到不讲理的人。我打算离开，但一想坐长途车，又走低速，不能在车上站五个小时吧！同时站着被交警发现，要罚款。无奈下，我便侧着身子坐了，尽量不挨着胖男人，不与他发生矛盾；而他左边还有空间，他的屁股完全可以朝左边移动一些。好在我右边的旅客是个善心人，我挤着他，他不埋怨我，还尽量委屈地朝右边移，让我坐得舒服一点。

这时又上来一个跟我一样的学生，戴着眼镜。上车见没有位子，质问司机怎么都坐满了。司机反问他电话联系了没有。学生说：联系了，你翻开你的手机，一定有我的手机号码。学生说出手机号码，司机一翻，果真有这个号码。于是，司机就来找我：对不起，我把你当成刚上来的那个人，没你的位子，请你改坐其他车。回老家只有这一趟客车，没有其他车可坐。今天不坐这趟车，我后天赶不来学校。我焦急，给司机解释我打了电话，不是打给司机，是打给司机爱人。我拿出上次司机爱人送的名片：你不信，你现在打电话询问你爱人，没打，我马上下车。司机为难，说不能超载，好心做我的工作。我生气：今天就是你嘴皮说破，我也不会下车，我要回家看我的妈妈，我妈妈有病，我有四个月没有见到她。司机显得可怜：你要替我着想，如果交警发现你，我这趟车算是瞎跑，还要倒贴。但是，我今天铁心要回家，我不听司机的可怜解释，我眼瞧窗外，只想快点回家见到慈爱的妈妈。

我没想到，这时我前排坐的一位老太太，戴着老花镜，站起来对司机说：你退钱，我下车，带上这个学生回家吧。我访问一位朋友，今天去也行，明天去也行。老太太望着我：你是个好孩子，如此孝心你妈妈，过来坐我的位子吧。这时我突然被老太太感动了：老奶奶，还是你坐，我下车。但老太太硬将我按坐到她的位子上，然后抢着下了车。

汽车开动了。不知为什么，我见老太太站在路边，望着我们这趟车开走，我就想哭。我没坐老太太的位子，回身坐到我的位子，把老太太位子让给刚上来的那个学生。

没想到，我一坐下去，身子舒服多了，一看，身边胖男人有意将自己身子朝左边移动了，他先前不移动，是想霸道，故意挤压我不舒服，好让我离开，便于自己占据两个位子。

我睁大眼睛瞧着胖男人。胖男人歉意地说：对不起，我刚才过分了，请原谅。我微笑：谢谢！我明白，胖男人一定被老太太真情举动感染了。

窗外绿色山峦和树木，像画面从我眼前闪过，我心里无比舒畅。胖男人放下杂志跟我搭讪，原来他的凶恶面貌下同样有一颗和善之心，让我不由想道：人在旅途，你我他都是陌生人和匆匆过客，能够彼此体谅和关照，旅途就是一种快乐！我想着，眼前浮现出妈妈慈爱的笑容。

唱　歌

　　他坐在电脑前,突然手机响,赶紧接了,放下时就唱歌,张大的嘴巴能塞鸡蛋,伸长的颈子像鸭颈。他唱的不是声,不是调,是吼出来的;声音在房间横冲直撞,同时破门而出灌进客厅。妻子在客厅喝茶,随即来到门口,生气而诧异:你在瞎吼啥?险些炸破我的耳朵。他说:我在唱歌,怎么成了瞎吼?妻子好笑:你能唱歌,现在就不是白天,是夜晚;结婚二十一年,啥时听你唱过歌。他睁大眼睛:听出来了,嫌我唱得不好听,我就不唱,你出去吧。

　　但妻子刚走,他又开始唱,发出的声音更大,按妻子的说法是吼声更猛,由一头老牛,变成一头力量迸发的嫩牛。妻子气呼呼跑来,恨不得伸手揪掉他的耳朵,阻于情面,伸出的手又缩回。妻子说:你今天是疯了或是魔了?幸亏是楼房,不然被你的声音掀翻了!好,就算你是唱歌,请问遇到什么喜事,让你这样拼命唱,来抒发激情?他诡谲一笑:暂不告诉你,吊吊你的胃口。但我告诉你,有时候,成功与失败就在一念之差。妻子发愣:什么乱七八糟,不说就不说,我不稀罕!妻子睃他一眼,走时同样气呼呼。

　　傍晚,饭碗一丢,他要出去。开门时,妻子从厨房跑过来:你要出去做什么?你从来饭后不出门,坐在屋里打电脑,莫名其妙。他不气不笑:走一下就走一下,呼吸新鲜空气,瞧瞧城市夜景,值得你像审犯人?你才莫名其妙。妻子:好,要出去,我陪你一起出去,倒要看看你的鬼名堂。

　　妻子跟在他的后面,出了小区大门,妻子问他朝东走,或是朝西走？他说朝东，东面有河，河边有垂柳，有路灯，看路灯光映在河水里。妻子说：你一回没去看过，你听哪个说的？他回头望妻子：你自己说的你忘了？几次你要我陪你去河边，我没答应；今天心情好，我满足你的愿望。妻子挡在他的面前：喂，我横想竖想，正看反看，发现你今天确实反常，鬼鬼祟祟，就像活人在变妖怪，你说，什么鬼事瞒着我？他说：我能有什么鬼事？天天在你眼皮底下，足不出户，就是有贼心，也没作案时间和地点啊！妻子说：不听你要贫嘴，给我说正经的，不说不准你走。他瞧瞧天空，半晌后说：好，说给你听，但不是此时在路上，是一会儿在河边。妻子问他有何区别？他佯装生气：你要这样逼，我偏不说，我力气比你大，你奈何不了我。

　　妻子软下来，随他来到河边一块干净的石板上坐着，面对河水。这时华灯璀璨，映在河水里非常耐看，有小风吹拂，河水轻轻晃荡，偶尔一只水鸟，从他们面前水面掠过，留下一声短暂的鸟鸣。妻子说：不要光瞧河水，现在该说了吧。他不慌不忙掏出手机，递给妻子：秘密在电话上，自己翻找。妻子大声问翻什么。他说：你翻电话号码呀。妻子就翻看电话号码，翻过来翻过去，就显示二十个，有的熟悉，有的陌生。妻子不解，这二十个号码能说明什么呢？妻子真生气了，把手机拍在他的手里，站起来要走。他赶紧拉妻子坐下：激动伤肝。不是我不说，是你个人太笨，第一个号码是女儿打的，你一想，不就明白了！妻子还是不明白，还在生气。他就质问妻子，最近最关心什么事情？妻子不假思索：这个还要你问？当然是女儿"教师资格证"的考试成绩。不提这事，提起我就担心得要命，求菩萨保佑，保佑女儿考过就好。他得意地说：女儿考过了！我唱歌，我来这儿散心，就是女儿考过了！这是一方面，另一方面是那天与你争吵，现在有了最终结果。妻子一激动，

什么争吵结果,全忘了。他提醒妻子:就为女儿考"教师资格证"这事,考前一个月,你说我把女儿管得太严,女儿肯定考不上,现在女儿考上了,你的打赌是不是输了?一想到你输了,我现在又想唱。妻子说:唱个头呀,你以为是你的成绩?告诉你,是我的功劳!是我让女儿随心所欲,自我调节!走,跟你个水货脑子一起看风景,我的脑子就成了水货脑子。妻子说走真走了,边走边唱歌,比丈夫唱的更难听。

小 伍

天黑了,小伍扛着锄头回家。家不是小伍的家,是妹妹的。妹妹和妹夫在外打工,带走了小外甥,小外甥在打工的地方上学。家里没有别人,就小伍,白天小伍一个人进出,晚上小伍一个人睡觉,守护三间陈旧的瓦房。房子是妹妹结婚那年建造的,十年了,墙壁上陈迹斑斑。小伍是房子的见证人,八年前来到这个家,当时妹妹和妹夫出门打工,小伍来帮忙照看家。妹妹当初说最多打两年工就回来,但一打工就野了心,现在还在外面,让小伍在这个家一住就是八年。小伍多次问妹妹,是不是打工不回来,在打工城市定居下来?妹妹说肯定会回老家,哪有打工打一辈子的?这话小伍信,小伍见很多人打几年工就回来了,外面再好,还是没有故乡好。这是小伍的真实感受,小伍患有小儿麻痹症,虽然不严重,但使得小伍没出门打过一次工,安心务农。小伍三十五岁了,种田是个好手,犁耙耪耕,安苗下种样样拿得起,放得下。小伍见证着妹妹墙壁上的陈迹滋生,有时瞧着,小伍有种岁月沧桑感。八年时间不短,不是睡一觉就过去的。曾经有人说小伍:你妹妹不在家,你干脆回你老家,一个人孤独在这守着多苦,太不划算了。小伍总是一句话:我要走了,这房子不出一年就坏,田地长草,到时妹妹他们回来了,等于要重新开始,变相把工瞎打了。

家里黑咕隆咚,小伍摸黑进屋。打火机放在熟悉的地方,小伍去拿。独门独户,与村庄脱离远了,没有通电。当初小伍来时,妹妹说一年后交搭火费,把电引过来。后来这话成了空话。小伍为这个电动过心思,打算自己掏钱把电引过来,最后放弃了。放弃的原因,是妹妹表态说不会在外长期打工,回来后由妹妹引电,不能让娘家哥哥掏钱引电,让村人笑话。

小伍在堂屋燃着煤油灯,关掉大门,又到厨房燃着煤油灯。今晚没有风,灶台上的火苗不会吹熄。燃着了灶火,红红的火焰,小伍准备晚餐了。小伍对晚餐要求简单,白米饭配两个小菜就可。小菜是方言,即蔬菜。街市有些远,小伍没有车载工具,每次去都是步行,所以小伍很少去街市买鱼肉之类。小伍专心经营菜园,是种菜高手,小伍菜园的蔬菜比别人菜园的蔬菜要绿,要旺,小伍根本吃不完,有一半多送人。只要认识的,小伍就送菜给人家,人家客套,小伍把菜塞到人家手里,然后笑着走开,走远了再回头瞧,人家依然站着没动望着他笑。

没电,让小伍常想老家有电,多好,看什么东西一目了然。小伍老家在五十里外,只有亲戚,没有亲人。这辈子,父母只生育了小伍和妹妹。母亲死在妹妹出嫁前三年,父亲死在妹妹出嫁前一年。变相说妹妹是哥哥操心嫁出去的。与其说小伍对妹妹好,长期帮妹妹看家,不如说小伍是单身汉,在家一个人生活孤独,跟

妹妹一起生活，有人说话，能找回生活快乐。小伍喜欢妹妹，小时候喜欢，长大后同样喜欢。只有妹妹生小伍的气，没有小伍生妹妹的气。小伍从小记着父母嘱咐，妹妹永远是小的，你是哥哥，一生要对她爱护关心。父亲的嘱咐很多，小伍把这句记得最牢。

　　晚餐烧好了，小伍端到堂屋桌上。小伍吃饭时，有人在大门外喊：小伍，你出来。小伍马上跑出来，喊话人是组长。组长说：你妹妹刚才打电话回来，说她们一家人一个月后回来，以后不出门打工，让我提前通知你。小伍没有手机，有手机也没有信号。小伍家里没有电话，全组只有组长家里安了一部电话，在外的人打电话，都打到组长家里，托组长给予传达，传达一次收一块钱。小伍高兴地说：谢组长，你等着，我进去拿钱给你。但组长走后，小伍坐在饭桌边，却不吃饭，眼光呆滞。静静地坐了十几分钟，小伍拿着镰刀到田里去了。天上有星星，有月亮，小伍视力好，看得清清楚楚。小伍兴奋地割田埂上的草。小伍想，把田埂上的草割干净，让妹妹和妹夫回来见了高兴。小伍常把种田比如做鞋子，田埂就是鞋子边，而人们看鞋，多半先看鞋边。小伍这样割到天亮，才坐下来。东方已经发红，月亮早没了，星星暗淡了。突然，小伍哭起来，不停用手背揩眼泪。小伍是哭自己这八年在这个家孤单的生活，还是高兴落泪以后有人跟他说话了？小伍不知道，就是想痛痛快快哭一场。

刘乡长主持文化会

刘乡长主持今天的文化会。开始了,刘乡长咳嗽一声,瞧一眼坐在身边的张副乡长,挺起胸脯,把笔记本和笔放在面前。

台下坐着二十一位来自幸福乡各村负责文化教育的,大多是小学校长。岂知,刘乡长一开口,就把今日之会说成第一次。张副乡长扯他的衣角,小声提示:第一次在春天,现在是秋天。

刘乡长不显尴尬,从容说道:一与二无非多一横;多一横并不重要,重要的是如何落实会议指示。刘乡长陡停,会议室能闻见鞋针坠地之声。这时管文化教育的张副乡长,说今天这个会比春天那个会不在同一档次。众人惴惴,期待刘乡长的厚嘴巴迸出下文。

刘乡长提高嗓音道:我刘麻子从来不对空气放屁,巷子撵猪直来直去。我认为,文化教育说大有天大,比不得水田插秧,稻场打谷。但今天切入正题之前,我想在关公面前耍一回大刀,检验一下大家的文化智商。大家都是饱读诗书,笔杆子耍的眼花缭乱,能把白的说成黑,能把死的说成活,能把公的说成母,但今天我不怕给大家留笑柄。我出的题目说难也难,说简单也简单,请大家猜猜下面八句话的作者分别是谁。第一句——你不能赤手空拳地开始你的行程,你必须用知识把自己武装起来。第二句——一个人只要热爱自己的祖国,有一颗爱国之心,就什么事情都能解决了,什么苦楚和冤屈都受得了。第三句——如果有一天,我能够对我们的公共利益有所贡献,我就会认为自己是世界

上最幸福的人。第四句——行是知之始，知是行之成。第五句——我们不应该像蚂蚁，单只收集；也不可像蜘蛛，只从自己肚中抽丝；而应该像蜜蜂，既采集、又整理，这样才能酿出香甜的蜂蜜来。第六句——一切时髦的东西总会变成不时髦的，如果你一辈子追求时髦，你就会变成一个受任何人轻视的花花公子。第七句——只要奋斗，就有出路。第八句——名声，为灵魂之宝玉。

刘乡长吩咐张副乡长：把他们每人的回答都记在本子上，会后把本子交给我。

张副乡长说：有这个必要吗？

刘乡长说：多话！

台下众人都闻见刘乡长和张副乡长的对话，个个惊慌失措，有的睁眼睛，有的张嘴巴，有的手足无措，有的面红耳赤，有的摸后脑……他们不是"满腹经纶"，而是变得"满腹狐疑"。没人知道这些作者是谁，感觉突遇一闷棍，平时满嘴喷屎的刘麻子，摇身一变成了满肚墨水，死驴子踢死了活驴子，实在匪夷所思。

大家积极回答，可没一人沾边，刘乡长给予提醒：我只能告诉你们，这些作者个个大名鼎鼎如雷贯耳。我还给予提醒，第一句有关知识；第二句有关爱国；第三句有关幸福；第四句有关实践；第五句有关学习；第六句有关美育；第七句有关攀登；第八句有关名誉。

有人求饶：刘乡长放我们一码，说出答案，省得我们头顶急到脚心。

刘乡长麻脸掠过一丝笑影：为什么你们猜不出来呢？他们分别是宋庆龄、冰心、果戈理、陶行知、培根、舒曼、周恩来、莎士比亚。你们是不是谦虚过头了？刘乡长把笔记本亮给大家：你们看，我不是照着笔记本念的，上面没有一个字，纯粹白板。

会议室顿起啧啧之声。不过有人质疑刘乡长,为什么用八个题目考大家?为什么要把大家的答案让张副乡长记录下来交给他?这里面有何变术?有人说,这个问题不搞清楚睡觉不踏实。

但没等刘乡长予以回答,刘乡长手机响了。刘乡长来到会议室外面接电话,走时安排张副乡长主持,嘱咐把会议开出实质来,切莫水牛大压不死一只虱子。

可刘乡长在外面一接电话,就是一个半小时,其间也有他打给别人的,再进会议室时,到了午饭时间。刘乡长只得不"多嘴多舌",说了一句话,要大家回去以此会议精神为动力抓出成效。有人要刘乡长作具体指示,免得回去胡子眉毛一把抓。刘乡长谦逊起来:你们都是抓文化教育的多面手,比我刘麻子有经验,我若纸卷喇叭唱高调,对你们就不敬。说完哈哈大笑,第一个走了出去。

众人一头雾水,觉得刘乡长今日另有玄机。一位老校长摸着口袋里的银行卡说:别拿刘乡长当粗人,他比我们哪个都细!

亲家公的心思

我在网上给一位朋友发邮件,妻子匆匆跑到我跟前:不好了,亲家公来到大门口,不进屋说句话就走了!我一听生气:什么意思?打不是打人,耍不是耍人,不想来不来!早晨在电话里说好的,中午在我家喝酒叙旧,走到家门口变卦,招呼也不打,什么意思?

妻子跺脚:别"什么意思"了,快下楼拉回亲家公,让他回去

了,亲家母要说我家不懂人情世故,儿媳会埋怨怠慢她的娘家父母,到时一蹦三跳,老虎个性发威,一定怄死我!

我马上从四楼,匆匆下到一楼,可是楼下不见亲家公瘦削的身影——亲家公能吃能喝,就是长不胖,就是瘦削。我向楼前引孙子玩耍的老者打听:大叔,刚才一个瘦削中年男人,你见他朝哪个方向走了?老者手指东方,并指明是坐了一辆红色摩托车。

没错,亲家公平时坐的就是红色摩托车,家住在朝东一方。亲家公真是回去了。我赶紧拨打亲家公手机,但提示正在通话中。我着急地仰头瞧天,等亲家公快些结束电话,连拨三次都是与人通话中,持续二十分钟后,亲家公手机关了。我估计亲家公是故意关的。我感到失落,同时还有一种不理解的诧异。

回到家,我自然遭到妻子的数落和埋怨。不生气时妻子脸色就不好看,生气时更难看,典型的猴子不吃人——生相难看。妻子气得鼻青脸肿:为什么不到楼下迎接呢?你看看,你看看,枉我去超市购回这么多菜,清洗这么多碗碟,白忙乎一场!跟你嘴都说烂了,不要成天迷在电脑上,就是这只耳朵进,那只耳朵出,当放屁不如!我反驳:如何将这事扯上电脑呢?牛头不对马嘴。再说亲家亲家如同一家,来到我家门口,好歹得进屋,即便要走,也得打声招呼,是他失礼不是我们失礼,可以不理这事。妻子说:亲家公头一回来,你不到楼下热情迎接,人家肯定见怪,换成我,也会见怪。

我想想,也是礼节没周到。我后悔地说:现在他已经回家了,你要我怎么办?妻子说:你现在就去他家里,向他们赔礼道歉,消除误会,然后把亲家公和亲家母一起接来家里吃午饭。

我马上坐车来到亲家公家里。亲家公真的回了家,此时坐在堂屋饭桌边,跟亲家母有说有笑。进屋时我显得尴尬,准备接受他们批评,没想到他们对我非常热情,赐座泡茶。我说明来意,催他们动身。亲家母一口回绝,并进厨房烧午饭。我起身要拉亲家公一起走,亲家母用力按我坐到椅上:你们聊天,我进厨房给你们炒几个下酒菜,你执意要走,我就真见怪。我只好恭敬不如从命。

在亲家母锅瓢碗响声中,我向亲家公赔礼道歉。亲家公睁大眼睛望着我:亲家,你是多虑,我回来完全没有怪罪你的意思,我是站在你家门口,突然产生回家的冲动,觉得不好意思见你。说到这儿,我看见亲家公老脸上,突然像抹上了红墨水。亲家公接着说:说来惭愧,我都不好意思跟你提说这事了。

我如堕五里雾中,费解亲家公的话。是什么事呢?我准备问又没有问,怕亲家公因此尴尬难堪。饭时,平常最多喝一杯酒的我,被亲家公好说歹说多劝了一杯,我面红耳赤有些飘然。于是飘然的我,又提说亲家公回家的事:亲家,酒醉心明,望你和亲家母谅解我今天礼节不周,本来这场酒席应该在我家里。亲家公叹息一声:你说反话了,赔礼的是我们不是你。我质问亲家公何出此言?亲家公说:没忘两月前向你硬要四万元彩礼的事吧?我当时鬼迷心窍,东南西北分不清,在你那么不愿意的情况下,不顾你的感受,伤你的感情,我现在非常后悔,在你家门口一站,我顿感心里刀刺一般。

原来亲家公因自责而回家。

我说:亲家言重了,我把这事早忘脑后,现在我们亲家亲家如同一家,过去的事就过去了。再说,你当时拼命索要的彩礼,你女儿进我家的门时又带来了,无非转个弯。亲家公不好意思地说:别提那个弯,我是打肿脸充胖子,用你的钱给自己装面子,惭愧!

我发现此时的亲家公，老脸上真写着一个"弯"字，他垂头，不敢面对我。

三　婶

三婶朝父亲走过来，她早看见了父亲，有意走向父亲。父亲开始没注意，见到三婶时，父亲的表情刷地出现变化，有惊慌，有意外，有躲避。父亲停止脚步，眼光从三婶身上收回，转过身，走回头路。路是泥土路，走动时溅起灰尘。父亲脚步很快，打算在三婶视线内尽快消失。路边有一条茅草小路，青草有膝盖高。父亲身子一斜，走在茅草小路上了。很快，父亲消失。三婶站在岔路口时，眼睛四处望，就是不见父亲。三婶望着茅草小路，望了五分钟，父亲依旧没有出现。三婶眼里就是青草，在风中慢慢摇曳。父亲是不会现身的，三婶想。三婶转过身，失望地回去了。父亲等三婶一走便出现了。父亲躲在一处草丛背后，能看见三婶，三婶不能看见他。父亲叹一口气，顺着茅草小路走到公路上。

父亲不想见到三婶，见到就躲。这样的情况发生过三次，父亲三次都成功躲掉了。有一天，我问父亲，为什么要躲避三婶？父亲不说原因，只说感觉：你三婶身上都是刺，我一见，眼睛就疼，我担心我的眼睛被你三婶刺坏了。

三婶身上没有刺，父亲说假话，骗我。三婶皮肤白，走路好看，爱美。有人对三婶爱美不理解，说她臭美，作秀。我仔细观察过了，三婶不是臭美作秀，她的爱美，来自她心底深处。三婶头发梳得美，衣服穿得美。三婶还爱一些饰物，比如发出声响的铃铛之类。走路时，铃铛就在三婶身上响起，声音好听，带有韵律。这天，在一个胡同口，我看见了三婶，听见了三婶身上的铃铛响。我看见三婶，三婶却没有看见我，她垂头，朝胡同尽头走。我想喊一声三婶，终没有喊。我发现，胡同两边有很多人注视三婶，眼光随三婶身子移动而移动。他们应该是羡慕三婶吧，但我很快发现，几个男人眼光就不正规，直勾勾地瞧着三婶，带有淫邪。三婶不说话，默默往前走。铃铛的韵律很美。可能三婶没发现这些淫邪眼光，发现了肯定詈骂。三婶骂人一套一套，与她的爱美成反比。一会儿，我见到了一幕场景，三婶在胡同转角处消失，淫邪眼光的男人们马上追到胡同口。我不解，去胡同口看究竟，担心三婶有意外。但三婶不见了，几个男人也不见了。安安静静的，什么事都没有发生。我虚惊了，我好笑。

　　这天，我经过胡同时，突然看见三婶。铃铛在响，三婶很洋气。行人多，三婶没有看见我。我想喊一声三婶，但三婶跟人在说话，我不想打搅她。我没有马上离开，站着不动，瞧三婶跟人说话有声有色地往前走。跟三婶说话的，是个微胖男人，我似曾见过，记不起来。经过一个水果摊，男人叫三婶等一会儿。男人买了一堆水果送给三婶。三婶收了，拎在手里。三婶没有离开，相反去了水果摊。三婶亲自又挑了三样水果，男人赶紧付钱。男人表情温和，一直在微笑。分手时，三婶大步离开。男人样子依依不舍，不停向三婶摆手。

　　回家后，我把这个场面告诉父亲。父亲坐在桌边，正抽烟。父亲猛吸一口烟：别提你三婶，提她我就头疼。我劝父亲，跟三婶好好谈谈，也许三婶心里藏有更深的心思。父亲生气，说：跟她有什么好谈？自打你叔叔车祸之后，她就变成了这样子。这时，院外有

人推门。我去开。进来的是三婶,问我:你爸在家吗?我大声说:爸,三婶找你来了。父亲没有应声。我把三婶引进屋,父亲不见了。父亲在我说话时躲进卧室,不想见三婶。

三婶问我:你爸呢?我支吾,微笑着。三婶说:原来他不在呀。小东西,竟然骗三婶。我真骗三婶:爸一个小时前出去了,有人给他打电话。找爸有事吗?能不能告诉我?三婶笑一下:也没啥事,就是找你爸借点钱。我直眼瞧着三婶。三婶说:不要用这种眼光瞧我,我借你爸的钱,不是只借不还,以前借的都还了。三婶说完出去了,带着一阵铃铛响。

铃铛消失,爸从卧室出来。我质问爸怎么能回避三婶呢。三婶是自家人,不是外人。爸生气:正是她不是外人,我才回避,是外人,我才不回避。我说:为什么?这逻辑不通。父亲说:你三婶只借不还,哪里像个三十五岁的女人,成天出没在风尘场所,惋惜你三叔生前那么心疼她,爱她!我这当大哥的,拿她一点办法都没有,只有时刻躲开她。

我明白了父亲为什么躲三婶,也明白了三婶为什么爱美。我觉得心里很痛,像扎着一根针。我冲父亲发火:爸,你对三婶有不可推卸的责任!父亲也冲我发火:你一个孩子,以后别管这事,谁也管不了你三婶,只有她自己管自己!父亲猛吸一口烟,憋红了老脸。

女　人

　　秀与未婚夫明一个月后结婚,突然感到喜忧参半。这感觉以前没有,突然间来的。喜是步入婚姻殿堂享受二人世界,当然喜。至于忧,秀担心明婚后对秀没有这样好,有时惹秀怄气。这种事,天生胆小的秀近期见过三例,太可怕太恐惧。秀想,婚后生活必须万无一失,顺畅顺意,天天保持现在这样的新鲜度。

　　秀打算再对明进行一次测试。秀想好了,装病测试明对秀的态度。应该说,秀是一个精明女孩,不干牛过河再去扯尾巴的蠢事。

　　这天,秀给明打电话,说自己感冒厉害,不停打喷嚏,脑袋要炸,希望明赶紧来到她的身边。但是,明说他正在工作,走不脱身,叫秀自个先去看医生,他工作一完就撵过来。秀不悦,说两腿没力,明这时必须过来送她治病。明给秀做解释:实在不行,我现在撒手工作就走,这造成的经济损失可不是小数目,到时追究起来我承担不起责任。明给秀出了一个主意,叫明的姐来送秀去看医生。同时明嘱咐秀在医生治疗时积极配合医生,不要耍性子。秀生气地说:算了,不理你!秀同时给明的姐打电话说不用来,然后气呼呼关掉手机。

　　秀打电话时站在她家屋下,然后马上跑回楼上卧室,关紧房门。两个小时后,明完成工作跑来找秀时,原谅话说了一箩筐,秀不开门,给明一个下马威。秀隔着房门说:婚前就这样不心疼我,婚后肯定没有幸福可言,现在草率就是对婚后生活草率,我要警惕自己!明丈二和尚摸不着头脑。秀提示:你个人好好想!明想

不出来，同时觉得自己对秀挺好，只愁没有把心掏出来给秀看。于是，明把秀的母亲叫上来解围。

这招果然灵，秀乖乖把房门打开。母亲埋怨秀一时风一时雨，哪像个快要结婚的人？秀忽悠母亲，母亲就下去了。等明一进卧室，秀又关上房门。秀不想她跟明下面的对话让母亲听见。秀向明提出，不想一个月后结婚，希望把婚期延长半年。明听后激动，睁大眼睛质问秀为什么随意变动。明说：亲戚朋友都通知到位，怎么能无故悔改婚期？这变相是把婚姻当儿戏，让我脸面挂不住！秀说：我也不想当儿戏，是你要改！明倍感冤枉，质问秀不要无理取闹，冤枉人等于用鞭子抽人。秀就和盘托出装病考察明的意图。秀说完瞧着明，想看明接下来给秀下跪求饶的场面。以前有两回，明做了后悔事给秀跪过，秀觉得这时的明才是一个真实的明，才能给秀心灵的慰藉和幸福生活的希望。但这次，明没有跪，说秀不可理喻，然后愤然下楼。

明下楼后，顺着秀的屋侧面一条路直往前走，不回头。秀追下楼，母亲问秀干什么。秀不说话，大步去赶明。秀望着明大声说：你等着，我有话说！明充耳不闻，继续走。秀于是跑动起来，五分钟后就拦着明：说清楚，为什么要这样？明说：这句话不是你问我，应该我问你。我同意你的观点延迟婚期，你说得很对，婚前草率就是对婚后生活的草率。我是一个认真的人，我现在要重新考虑一下我们的关系。秀质问明什么意思。明说没啥意思，就是突然觉得秀有些恐怖。

明说完，不容秀解释就走。这下秀真正感到了后悔和惊慌。秀喜欢明，不能失去明。秀再次拦住明：对不起，我错了，我接受你的批评，你要不解气，你掐我一下。秀把膀子伸到明的面前。明慢慢缓和情绪。明说：你知道婚姻的基础是什么？秀抱住明：其实我心里比你更懂。

这时秀的母亲打来电话,说晚饭准备好了。秀推着明走,接着抱紧明的膀子。

强奸未遂

校长这天叫我去他办公室。他办公室是单独的,在集体办公室后面,环境清静。全校人都清楚,校长叫人去他办公室只有两个结果:一是好事,二是坏事。好事得奖励,坏事卷铺盖走人,没有第三个选择。所以,全校老师最怕的是被校长请进办公室。

而我,可以说是老师中最怕进校长办公室的人。我来学校才两月零几天,处于试用期之内,身子没站直,脚没站稳,遇到风吹草动,我在学校工作就没戏了。然而防鬼有鬼,"摆子"就找瘦鬼,校长偏偏找上我了。我纳闷,也害怕。但是祸躲不过,我也只能硬着头皮去撞。

校长戴着一副眼镜,在办公桌前正坐着,像在看材料又像不是。我向校长打招呼,校长指一下墙边椅子。我坐下了。校长脸色严肃,说:直接告诉你,今天把你找来没好事,想必你心里早有思想准备,瞎子吃汤圆心里有数嘛。

这话像八竿子够不着,我睁大眼睛惊讶地望着校长。我仔细回想我来学校这段时间,没有起色的好事,可也没有做过什么坏事,中规中矩在工作。

校长说:这年月都是些当事者迷,你也是。人们都在背后把

你议论开了,你却蒙在鼓里,心安理得没事人一般。我问你,你最近老把你班上一个女学生,隔三岔五喊进你的卧室,一呆半晌不出来干什么呀?你知道这是什么思想品德吗?

天啦,竟然为这事。是有一个女学生进我的卧室,但同一件事却是两种不同的概念。我赶紧给校长做解释,而且必须澄清自己。但校长朝我摆手加以阻止。他说:你这样激动说明你已经心虚了。你想解释,我不反对,但等我说完之后再解释。我认为你缺乏一名人民教师的基本素质,老师为人师表,一言一行影响着学生的成长。我是过来人,不论你把白天说成黑夜加以解释,我心里镜子一般,而你更是瞎子吃汤圆。事实胜于雄辩,我希望你正确对待这件事。同时,我也希望你以后再到新的工作岗位以此为戒。

校长给我下了逐客令。我不服啊。我什么事都没作,心像蓝天一般坦然。正因为如此,我必须给校长解释清楚。我大声说:校长,我承认一个女学生进过我的卧室,但不是你想象那样,她是爱好创作,而我又有创作方面的特长,我帮她一下不对吗?是的,你可能要说什么地方不能帮助呀。这方面我确实欠考虑,但我们的行为仅仅局限于此,玻璃一样透明。我现在去把女学生叫来当面对质,让这件事水干石头现。

校长说:没有必要。这种事是对质不出来的。再说那学生我了解一些,口风非常紧,就是把派出所叫来,也审不出什么名堂。我们还要顾及女学生名誉。你就自认倒霉。校长从抽屉里拿出一张纸,叫我在上面签上名字。我明白这是辞退函。我开始犹豫不签,但一想我在校长心中已经成为这个印象,早晚一天也是卷铺盖走人,不如此时走个痛快,此地不留爷,自有留爷处,趁早找一份新的工作。于是咬牙把字签了。但签完后我说校长不近情理,同时向他指出我走不是屈服他,是我不想在他这种人手下做事,觉得越做天越黑,我要找一处光明所在。说完了我想说的,我就大步走出门外。

但半个月后,我听说校长被派出所抓了,原因是他强奸那个喜欢创作的女同学未遂。

我听后不相信这是真的,特意找学校一个了解校长的人,打听校长究竟是怎样一个人。他的话让我目瞪口呆,险些跌坐地上。他说:校长天生就好这一口,但他做事隐匿,从不显山露水,我们都心知肚明,就是没有一次当场捉住他的把柄。不过这次强奸未遂,也够他受的……

收养孩子

秀在家里种田。家里五亩责任田基本上都是秀在打理。婆婆虽然有时帮一些,但有限度。婆婆患有风湿病,严重的时候躺在床上。婆婆只能做一些力所能及的事。这个家只有两个人——秀和婆婆。当然还有一个人,是秀的丈夫柱子。没有柱子,秀哪来的婆婆?只是柱子一年四季在部队上,是一名消防兵。秀每年农闲的时候跟柱子团聚。不是柱子回家,是秀去柱子的部队。秀走时把婆婆安排好,请娘家的娘来家里跟婆婆一起生活。秀与柱子结婚两年了。秀想要一个孩子,但她的肚子一直没有动静。

有一天秀躺在柱子的臂膊里。那是深秋的夜。秀说:我好喜欢有一个孩子。柱子说:会有的。柱子抱紧秀。秀在柱子的怀抱

里喘气。秀也坚信自己会有孩子,自己脸上的颜色跟别的正常女人一样红润,有光泽。

但秀一直到现在就是没有怀上孩子。秀特别地想。

秀一个女人,田地活能提得起来吗?柱子多次劝秀放弃一些不好耕种的田地。秀说她行。都是机械化耕作的,秀做的都是一些手上的活。手上活秀提得起,做时感觉不累。婆婆也劝秀放弃一些田地。婆婆说知足常乐,家里日子好过就不要想多了。但秀说不怕钱多刺手,家里收入多比家里收入少要好。秀就不放弃。每年秀都做下来了。秀对家里每年的收入满意。

又到深秋了。是秀去部队跟柱子团聚的时候。秀对婆婆说:妈,我走了什么都放心,就是不放心你。秀的眼眶有些潮湿。婆婆说:你娘家妈不是要来嘛,有她跟我在家里,你就安安心心去柱子那儿,家里什么事都别惦记了。记着啊,多玩一段时间,你和柱子年纪都不小了。婆婆告诉秀,女人过了三十岁生孩子就痛苦了。婆婆也想抱孙子。秀说知道。婆婆说从现在一直到过年都是空闲的日子,劝秀不要没玩够就回来。婆婆还说有一年冬天家乡下了一个冬天的雪,就是在家里也只能瞧着满天飞舞的雪花。秀说知道,都记在心里了,就在柱子那儿玩到过年时回来。秀在心里想好了,去柱子那儿在外面租一间小房子,找点别的事打打零工。秀想把过年开支的钱挣到手。

但是,这年深秋去柱子那儿,秀收获的却是痛哭和悲伤。柱子在一次抢救火灾时牺牲了。柱子成了英雄,上了报纸和电视。秀也成了英雄家属,身上洒满让人称道的光环。但秀实在不想要这称道的光环,她要柱子,她要她的肚子能够怀上孩子。

秀抱着柱子的骨灰回家。进屋,就向婆婆跪了下来。秀说不出来,只是一味地哭。清亮的泪滴从秀的眼角滚出,漫过她瘦削的脸颊。秀就那样跪着,就那样哭着。秀把自己当成一个罪人,一个没有保护好柱子的罪人。倒是婆婆异常的冷静,她没哭,也没有流泪。婆婆把秀拉起来,不过拉的时候婆婆的手在颤抖。这是一双爬满皱纹的老手。婆婆说:秀别哭,不怪你。柱子是牺牲了,可柱子是个英雄!婆婆拿过来柱子的骨灰盒,紧贴在自己的胸前。婆婆一边抚摸骨灰盒一边说:儿啊,有妈妈抱着你别怕,你终于又靠在妈妈的怀里了。

妈!秀大声地唤着婆婆。秀跑进她的卧室,紧紧关了房门。卧室窗户是开着的,传出秀撕心裂肺的哭声。婆婆依旧坐在堂屋里,抱紧柱子的骨灰盒。婆婆说:秀啊,你哭吧,把你心里想哭的都哭出来。

一个星期后,柱子部队上来人了。来人问英雄家属的秀有什么要求,想不想到部队上做后勤工作?秀是照顾的对象,部队上有这个规定。婆婆怂恿秀一定要去。婆婆说:秀,你还年轻,以后生活的路还长,不能就这样给耽搁了。柱子九泉之下也会同意你往前走自己的路。

秀一口回绝了。她有自己的想法。秀说她这辈子哪儿也不会去了,就在这个村里一直老死。婆婆说秀为什么这样傻呀。秀说她不傻,脑子里像秋天潭水一样清澈。

秀把柱子的抚恤金和奖励金一共二十万全部拿出来,在村里建了一座养老院。秀自任院长。秀把村里需要赡养的老人都接到养老院,这里面有婆婆,也有娘家的娘。

婆婆问秀:你这样老了怎么办呢?

亲娘问秀:你这样做是错的,你应该物色一个好的对象再结婚,生个孩子,追求这样的生活。

秀对婆婆说:我办养老院,还愁老了没人赡养吗?

秀对亲娘说：合适的时候我会领养一个孩子。

一年后秀真的领养了一个孩子。她在养老院门口捡的。是个被父母遗弃的私生子。装孩子的竹篮里有一张纸条，上面指名道姓写着要秀收养这个孩子，说秀心地善良……

打　听

有个女人在我心里蕴藏了好多年，整整三十年。三十年前我们由认识到了解，关系还算不错。曾经有一天，我们两人还单独在松树林里一起散步。不过我们的关系，因为我们的分开而结束。在我看来这关系就是昙花一现，最多维持了一年时间。分开后我们再没有见过面，其实我也不想见了。因为我们都结婚有了家庭。现在，我不记得当年跟她相识时，我们一起说过什么话，印象里真的没有。但我没有忘记她的容貌。她当年的容貌就是漂亮，清纯，有少女不施粉黛的天然的美。我也得知她嫁到W市的市郊，生活在一个叫八一的大队里。

现在，我就居住在W市市郊的八一大队的地盘上。改革开放让W市扩大了，八一大队的地盘成了黄金地段，建起一幢幢漂亮的楼房。搬进楼房的第一天，我就想起了三十年没见面的那个女人。她跟我同年，我非常清楚。我今年五十岁了，她也如此。我非常想到她家里看看，换个角度说，想看看她现在是什么样子？当年的漂亮和清纯是不是还在她的脸上？为此，我向附近很多人打听了，可是没有人知道她的真实情况。有人说，这个八一大队有十五个生产队,一个生产队都是千号人,而我又不知道她居住在哪个生产队,真的无从寻找。在我打听时,我同样说出了她的姓氏,可这种姓氏在八一大队很多。

这天,我跟妻子一起到菜场买菜。经过一个补鞋摊子时,我停下来。我对妻子说:你先过去买菜,我不去了,在这儿修理一下我的皮鞋,后跟有一处脱胶了。妻子说好的,一个人过去了。然而我坐下来没有脱皮鞋,鞋后跟没有脱胶的地方。补鞋女人问我补什么的时候,我只有冲她尴尬地微笑。我说我不是补鞋,只是向她打听一个人。补鞋女人比我年龄稍大一点,头发白了一半,通过面相就知道是一个说话靠谱,不会撒谎的忠厚人。我就是想找这种人打听,希望能从这个女人嘴里得知她的情况。在我看来,这个女人是这儿的老住户,应该清楚我要找的那个女人。我向这个女人细致说了情况,我还说出了她娘家的地址,还说出她特征的有力细节,结果我得到的是这个女人的摇头。女人说:我们这儿一个生产队的人就彼此都不认得,更别谈整个大队了。再者,即便你现在打听到这个人了,也不一定知道她住在什么地方,这几年搞开发,有人拿到补助金后住到别的城市了,我知道的就有五家住到了省城。我央求这个女人再想想,我搜索出她更为有力的细节特征,但这个女人还是摇头,还是用刚才说过的话回答我。

我失望地站起来。这个时候我心里在想一件事,就是那年的松林散步,就是我与她这辈子的最后一别。我还沉浸在当年的情景之中。没想到我一转身,妻子正站在我的身后。我和补鞋女人说的话,妻子听得一清二楚。我发现妻子表情郁郁寡欢,瞧我的眼光也不对劲。妻子生气地说:你哪里是补鞋?你怎么越老越骗人?你怎么能有这种想法?到底为什么呀?

我非常清楚,此时什么话都不说,实际上是一种最好的解脱办法。我接过妻子手里的菜,转身在前面回家了。开大门的时候,我觉得我的两腿十分疲惫。我还感觉到我心里的不安。我在猜想妻子随后进屋会对我怎么样,是不是要对我不依不饶?

但是妻子进屋后什么话都没说。她跟没事人一样放水,拖地,择菜,打扫屋内卫生。妻子还询问我晚上想吃点什么。我还想吃什么呢?她不詈骂我就是对我高抬贵手了。妻子进了厨房,我马上听见了水响、灶响和碗响。半个小时后,妻子把晚饭烧好了,饭菜都端到了桌子上。妻子喊我坐到桌边吃饭,我觉得心里非常不安。我匆匆忙忙地吃了一碗饭就离开了桌子。妻子问我:不添饭了?我说已经吃饱了。

不过从此以后,我发现妻子对我热情的背后,总隐藏着一丝没有说出来的悲伤。我几次鼓起勇气想给妻子做解释,但话到嘴边又咽下去了,担心越解释,妻子的悲伤越大。

摄影艺术

暑假回家,小伍白天到处拍照,饭碗一丢出去,吃饭时间再回来。小伍拍的有人物,有风景,有村里早被人遗忘的古迹等等。小伍白天照,晚上就在卧室里进行冲洗。照片出来了,小伍放在书桌上细瞧,灯光耀眼地照着,小伍把不好的扔掉,觉得满意的保留。小伍是爱上了摄影。有时拍到一幅好"作品",小伍就乐得在床上打滚,有一次乐得两脚鞋子都掉在地上。

小伍父亲病故，母亲健在。母亲对小伍爱上摄影执反对意见。母亲说做什么事都是正经事，就是觉得这事不正经。小伍解释自己做的是摄影艺术。艺术是高贵的，母亲这事还是懂的，所以也无话可说，意思是放任小伍要照就尽情照，把真正艺术照出来。

这天小伍经过村后小树林，照了一张姑娘在林下清水池塘里洗澡的相片。小伍眼睛尖，一眼认出是村里漂亮姑娘小红。小红赤裸，腰身以下在水里，腰身以上在水面。小伍偷偷照了一张小红的侧身照。要说小伍真看到什么，还真的没见到敏感部位。小伍就是觉得这个画面太美，能媲美他曾见过的一幅杰出画作。拍完后，小伍蹑手蹑脚溜了，没人发觉。晚上照片冲洗出来，小伍乐得要拍手，终于忍住没有拍，因为母亲就睡在上房。第二天小伍把洗出来的照片给了一张小红。小伍想，小红见了一定高兴，可能要感激他。岂知小红气得要吃小伍的肉，只差没抽小伍的脸。小红指着小伍，要小伍说清楚这件事，否则没完！知道来龙去脉后，小红指着小伍骂：流氓！你是流氓！小伍解释是摄影艺术，还准备去大学后发到网上，让数以万计的人欣赏小红的美丽。小红气得流眼泪：你敢！连声詈骂。小伍解释他在照时什么都没有看到，就是看到了小红的侧面。小红不想听小伍继续解释，哭着跑了。小伍蒙了，艺术怎么能够扯上流氓呢？

事情并没有就此了结。小伍回家时就被小红母亲堵在家门口，二话没说，就抽了小伍一嘴巴，不依不饶，然后满嘴是屎。小伍母亲挡在儿子面前救驾，因力气小，被小红母亲推倒地上，险些额头磕在椅子上。小红母亲大骂小伍不是东西，败坏小红名声，让小红以后无法嫁人，必须赔偿物质和精神损失，不赔死在小伍家里。小伍扶起自己的母亲，然后解释情况。但小红母亲不

听解释,指着小伍一个劲说着流氓,大流氓,臭流氓!小伍就气道:凭啥说我是流氓?抱过?摸过?睡过?你去派出所告我呀?小红母亲一听,跑进小伍厨房摸菜刀,边跑边说:你还不老实,不认罪,我就用刀剁掉你的手指,看你以后再怎么照?

　　这时恰好小红跑进来了,她抱住母亲央求:妈,不要冲动,闹出人命可不好。典型秀才遇见兵,有理说不清。小伍认为此时除了回避没有更好办法。他跑出来了。小伍母亲叫小伍快跑别回来,她来收拾这摊子。小红母亲勒令小伍不要跑,跑掉和尚跑不掉庙,不然就报警。小伍在院门口说你报吧,出来后气恨交加,险些要骂人。小伍没有跑远,就在就近的避嫌处偷看,打算等小红母女俩出来了就回家。没想到一等就是一小时,总算她们出来回家了。小伍马上跑进屋,向母亲说抱歉,要给母亲跪下去。母亲却笑说:小伍啊,坏事变成好事了,小红执意要跟你搞对象,她妈也赞成,这是咱家喜事啊,小红姑娘又漂亮又能干!

　　小伍睁大眼睛,半晌没有说话,然后说肚子饿了,要母亲快些做饭。第二天小伍说大学里来了电话,催他回学校一趟,说有事。母亲说:有事你就先去学校,回来后再落实你与小红的事,她们还等着你当面表态哩。

　　可是,小伍去学校后就没回来,母亲每次催,小伍总用各种借口搪塞。时间是净化剂,小伍想等小红和她母亲心态平静了再回来。小伍心里早有了心仪女生,只是觉得没到一定程度,才没有明言告诉母亲。

分　歧

女儿是不能对我发脾气的。她可能以为她不是发脾气,是随心所欲轻描淡写说出来的。是的,她说的时候声音不是很大,脸上表情也没有露出恐怖与焦急,更没有在我面前摔东西砸碗等不妥当行为。当时女儿就坐在我的面前,我们正是面对面吃饭的时候。值得一提的是,这餐晚饭是女儿做的。每天的晚饭都是女儿做的,我不会做。我唯一能做的,就是在女儿下班前把菜清洗干净,这样女儿下班回家后,在厨房待的时间就短一些。

女儿是从不对我"发火"的。但这次在我看来,她的话就是冲我"发火"。"发火"是我对女儿当时表情的一个最好诠释。没有比这更好的,真的。女儿当时放下手中的碗,前面说过的,我们当时正是面对面的吃饭。女儿望着我说:听了你的话,我以后真不想跟你一起生活。

别看这十七个字,它在我听来太恐怖了,太可怕了。这辈子我只有这个唯一的女儿,她就是我生活的唯一,就是我的希望和未来。我这辈子奋斗的一切都是为了女儿。倘若女儿真按她说的话做了,不跟我一起生活,那我晚年的生活还有什么意思?

我非常疼爱我的女儿,她可能没有真正的察觉,而我却是把心掏给她了。我对女儿说:你不能说出这种话,这样我就太失望。

女儿没有回答我的话,匆匆忙忙吃光碗里的饭就离开了桌子。女儿放碗的时候像是还在生气,碗与桌面发出的声音不是那样和谐,是一种听之发凉的闷响。

我说错了什么呢？我真不知道错在哪里！当时女儿向我提出一个问题，说她不想上班了，嫌工资太低，想自己创业开一家店。我不同意，一口回绝了。我说如果是这样，当年女儿初中毕业时我就不会让她继续读高中读大学，花费了十来万，这要开多少年店才能赚回来。这跟把钱白白扔进水里又有什么区别呢？

女儿现在没有正式上班，她在实习。她一个月的实习工资一千二百元，这是真的。可是在我看来，这个工资标准不能代表女儿一辈子就只能拿这么点工资。女儿学的是编辑出版，她现在实习的单位与她所学的专业不对口，这只是暂时现象，她以后总会找到对口自己的专业，体现自己的实用价值的工作。做生意的风险太大了，对女儿来说就是"从头再来"，以前二十二年的努力都变成了"零"。所以，作为一个疼爱女儿的父亲，我回绝女儿也是对女儿的疼爱，女儿为什么就不能理解呢？

客厅里只有我一个人了。我有一种孤独的感觉。女儿已经进了她的卧室上网，房门关着。我来推女儿卧室的门，门已经让女儿反锁了。此时我真想与女儿促膝谈心一回，消除女儿心中的顾虑，也消除我心中的担心和不快。但是女儿的名字溜到我嘴边的时候我把嘴关闭了。我觉得这个时候找女儿谈不会起到什么效果，心平气顺以后再谈，效果肯定更好一些。

于是我出门了。我一个人在人行道上走来走去，迎着深秋夜晚的寒风。我在思考女儿的话，也在思考我说的话。我在找出我与女儿的分歧所在。我想，作为一个20世纪60年代生人，我与女儿真有代沟吗？不过一直到我回到家里，我也没有想出我与女儿的分歧所在。我再次推女儿的门，依旧反锁着。我大声喊了一声女儿，女儿没有及时答应我，迟缓一会，她极不情愿地说：你喊我做什么呀？女儿还是没有打开她卧室的门，这让我的心一下子变得冰凉。

见面后的痛苦

　　这段时间我一个人在家,突然想见一个人。这是种特别的心情。她应该算是我的初恋吧。我是把她当成我的初恋,估计她不是这样想的。因为我们年轻时,一起交往中她没有一次提到初恋的字眼。真不知道她那时是怎么想的,而我把她就当成我的初恋。

　　前天晚上我做了一个梦,是个有关她的梦。梦中我与她手牵手,踯躅在乡间弯曲的小路上。那儿就是我与她的故乡。那时我们曾无数次走过那乡间小路。我家与她家仅隔着三座不高不矮的山。

　　我们有三十一年没有见面。这期间我都在 W 市打工,她一直在故乡生活。我们在三十一年前那个秋夜分手后,一直没有再见面,也没有通过电话。我在分手那一年结了婚,从男孩变成了男人;她是第二年春天结婚的,丈夫在教书。她的命运比我好,接她父亲的班当了一名小学老师。

　　这天在街上我终于打听到一个熟悉她的人,知道了她的情况。她已经退休了,在家带她的孙女。她退休后不是住在原来的学校,而是住在镇街上。铁路边那幢白房子就是她的家。

　　来找她这天是个晴朗的天,没有刮风。但是站在她的家门前我迟疑着,不敢前去敲门。她的房门此时关闭着。突然房里有小

孩子的哭声。她在家里,我敢肯定。发出哭声的孩子一定是她的孙女。这时我觉得贸然来她家里有些不合适。这念头在我脑子里转了一圈又是一圈。我退缩了。我的冲动与我的年龄不太相符。我要清醒自己的头脑。我摇摇头,苦笑一下。苦笑时我的两腿情不自禁地朝后退了五步。我与她家距离隔远了一点。

我瞧了一眼铁路边的白杨树,打算就此别过回去。可这时她的房门开了,她两手撑着门框站在门口。她打量我一眼便问我找谁。我没有及时回答她的话,估计我的脸红了。天啦,她竟然不认得我了。我真的那么老吗?我心里这样反问自己。而她,我打量后发现她也老了,白发比我的还多。但我发现她的五官没有多大改变,皮肤也没有多大改变,年轻时她的皮肤就白,现在还是挺白,当年细腻的纹路还能见到,皮肤还留有浅浅的光泽。

我问她:真的不认得我吗?她苦笑地说真的不认得我。她把眉头皱起来细细想着,想了半响依然没有想起来。最后她突然眼睛一睁,说她想起来了,很恳切的。她把我当成了她娘家村后的远房三叔,于是就把我拉进她的家里,微笑着,很热情。进去了她让我坐到沙发上,给我撒烟,倒茶水。她迭迭地说:三叔三叔,十来年没有见到你,你还是身体这般健康。她问我今年的收成如何,她问我那三间瓦房是不是换成了楼房,我苦笑着点头。我不想戳穿,就当她的三叔吧。当然我也给过她暗示,我让她多想想年轻时候的事。她诧异地瞧着我,不明白我话里的意思。看来她真的想不起我来,她已经早忘记了我。那还有捅破这层窗纸的必要吗?我想想,觉得没有了。直到我离开她的家,我一直"默默"地当她的"三叔"。这是我这辈子第一回当人家的"三叔",但我喜不起来,相反心里酸酸的。

我起身告辞,她却不准我走,说我难得来一回镇街上,怎么说也得吃过午饭了再回家。她要尽地主之谊。我说见到了就好了，不必在意非得吃一餐饭。我说家里正等着我购买铁丝回去哩。

这样我就出来了。出来后我就回家，一路上老在想着我当年与她分别的最后一夜。那晚在下雨，秋夜的雨淅淅沥沥。那晚我们开始时说了很多的话，最后我们相拥静静地坐着，聆听窗外的雨声和风声。雨声显得沉郁，风声带一丝凄怆。这个情景她应该不会忘记的，可她真的忘了，忘得一干二净。是时间的错或是她的错？我一路一直在思索。

然而，我真没想到回家后我的心情特别的糟。同时还有一种负罪感。自己不是犯人，何至于此呀？开始时我自己嘲笑自己，觉得自己的想法过于无稽之谈。我想把负罪感从我脑子里赶跑，可越赶它的根好像长的越深。特别是想到自己目前失业在家，还靠W市打工的妻子挣钱养家，我的心口仿佛插了一把尖刀。我不知道我什么时候能够拔出这把尖刀，真的没有时间表……

突　破

我特地从外地回到老家，打算在老家的极佳环境中写出一批优秀的小小说。我的工作单位是县文联，写小小说是我的最爱。我已经发表了一百多篇小小说，我想突破，可这半年写来写去总是"原汁原味"不能突破。外甥女穿姥姥的鞋，我不喜欢。我想借故乡环境的熟悉与温馨突破我的小小说写作，我有这个自

信。

但是，回来一个月我写了八篇小小说，没有一篇让我满意。我心里有底，它们不是缺胳膊就是断腿，我真的不满意。我郁闷，还有困惑。我抱着膀子在屋场上走来走去，想找出它不完美的根源所在，我没有找出来。思索是白思索，皱眉也是白皱眉。

老家里也有一位写小小说的朋友，这些年已经写出了成果。他公开出版了两本小小说集。真的不错。我找到了他，希望他指点我一下。指点之前他微笑了，笑得非常友善。

他告诉我，我这种情况是小小说写作中的正常现象，他也曾经遇到过。他规劝我不要惊慌。然而我能不惊慌吗？老是原地踏步地写小小说，小小说读者会摒弃我的。我该怎么办呢？他没有给我使出有力的解决问题的招数。他说我到时候会自然而然地度过这段写作的困惑期。我们分手后我想，他这是在安慰我，肯定是这个意思。

我搞不明白语言是美的，素材是吸引人的，自己写出来的小小说为何是无病呻吟隔靴搔痒？味道怎么品总像是别人吃剩的东西。还有发霉变腐的味道。这种味道于我不利，我一闻就要吐。我把心中不快发泄到键盘上。我不心疼它是崭新的键盘，我扳了它。我用力气有些大，险些把键盘扳断成两截。妻子恰好进屋见到了我的这个行为细节。她垂头不语，像是叹气了一声。我隐约是听见了。妻子随后轻轻退出去，进厨房做饭。她没有与我说一句话。按理说她多少要评论我一下，但她没有。她心里怎么想的我清楚，难得回家一次，她希望我在家里快快乐乐的生活和写作。我心里有一丝惆怅。我茫然我的惆怅是因为写不好小小说或是因为妻子的沉默？

太阳落山了。妻子喊我来客厅吃饭。丰盛的饭菜端上了桌子。我坐在桌边,手里筷子在这个碗里试试又到那个碗里试试,试来试去最后放到桌面上。我没有胃口。

"我舀点汤你喝吧。"妻子说。她起身舀了一小碗汤放在我的面前。

但我没有喝。我点燃一支烟抽着。

妻子说:"又想到写不好小小说是吧?没啥,只当出门旅游了,到时回单位后多写几篇弥补。我觉得你遇到的问题跟我平时料理家务事时大同小异,越急越出错。好好玩两天,等浮躁的心态没有了再写。"

我望着妻子微笑了一下。

第二天,妻子真的不让我写作,她带我出门。我问她是一起散步或是逛超市?她说不是的。她要带我去一个好玩的地方,帮我调整心态和思维。我迟疑着。我不信妻子的,她能帮我调整,那全世界的人都能帮我调整了。我讥笑一下,要妻子说出真实地方,看值不值得我去。妻子不说,诡诈地笑一下。她最后对我说现在说了就没有吸引力,也许我不会随她去。她说她要像电视剧一样先给我设个扣子和悬念,让它们牵着我去。这让我真的好奇,真的随她去了。一路上我在想,"卖关子"也是写作技法中的一种。

妻子把我带到一片山坡上。其实一到坡下我就睁大了眼睛,我非常熟悉这儿。这儿是我和妻子相恋的地方,一草一木,一径一石,心里印象深刻着。结婚时我们就在这儿拍的结婚照,那照片我们至今还保存着,有桃花盛开,有蝴蝶飞舞。此时虽然不见了盛开的桃花,但还能见到飞舞的蝴蝶。过去了十来年,这里的一切似乎没有大的改变。

我问妻子带我来这儿是不是想让我重温过去的美好情景?

妻子说:"这个想法多少有一点,主要希望你的心情豁然开朗起来。你最近不是老写不出好的小小说吗?你就以山坡为题联想出一篇小小说,看写出来怎么样?"

我望着妻子。这个点子好,角度也新。何不以妻子为原型写一篇情感类的小小说呢?想到这里我就没有心思在这个山坡上玩耍了。我和妻子简单地瞧了瞧,就回来了。一路上,我脑子里都是妻子过去的影子在晃。当然也有现在的影子。过去的影子和现在的影子连在一起就是一个完整的妻子的影子。

我用了两个小时的时间,以山坡为道具,以妻子为原型,写出了一篇情感类的小小说。写完后我念给妻子听,妻子说写的是那么一回事。还笑了一下。我明白她的笑是给我的这篇小小说给予了肯定。但当局者迷,我自己还拿不准。半月后我回单位,我特意念给同事们听。我没想到大家都说该作情景并茂,有理有节,不失为一篇小小说上乘之作。为鉴定它是不是上乘之作,我将它投给一次爱情类的小小说征文活动,真的得了个二等奖,赚回了一千元奖金。

我到现在还在感想这篇小小说的成功之处。

心 虚

他在电脑前打字,桌上手机铃声响了,是妻打来的。妻在外地一家公司打工。半年前他也在那家公司打工,只是妻给公司打工,他给自己打工。他领着十三个人,承揽公司成品上车的业务。

一年下来，他的收入是妻工资的六到七倍。今年公司收回成品上车业务，他失业了。于是失业的他，就回到老家照看家里。

他开始接电话。在电话放到耳畔的瞬间，他微笑了。他一微笑，脸上皱纹似乎更深。

电话没有给他带来好的消息。他没有欣喜，收敛了笑。

妻说："你知道吗，我中午下班时接到郑的电话，找你，说他的脚又肿了起来。"

他脸色凝重："他什么意思？还想纠牵去年从车上甩下来那件事吗？"

妻说："他就是那个意思。我说你今年没搞那个业务，早回了家里。他听后咕嘟一句，我没听清他说什么，电话就挂断了。我担心他到家里找你，才给你提前打个招呼。"

我说："他是不是喝酒了？"

妻说："电话里听不出来。再说他那个人哪餐不喝酒？"

郑某在我承揽公司业务时是我手下一员。通俗一点讲，郑某在我手下打工。他认为跟我是老乡，以前对我说话不沾边际，心想我不会把他怎么样。他这人最大的缺点是：一喝酒不知道天高地厚，能说的说，不能说的也说，有时没事找事无理取闹。我不喜欢他。不是考虑他能吃苦耐劳，我早就把他辞了。

不过挂断电话后，我的心情一直不安。我在思索这件事，本不打算想的，可就是忍不住去想。我第一个想到的是国家对劳务市场管理制订的条例。在我承揽这项业务的五年中，曾出现过类似郑某这样的工伤事件。那次我找到公司，希望公司负责药费什么的，但公司给予的答复是，我承揽了这项业务，人员是我找来的，我是他们的监护人，我就要对他们一切负责，与公司没有关系。后来，那个人的药费什么的都是我负担的。

今天我心虚了,我怕,所以坐到电脑前打字时,我两手不听使唤,"像"字打成了"象"。

妻子在上班,我清楚她六点下班。六点过后我拨通了妻子的电话。

我说:"你能不能把郑某给你打电话的事再具体说一遍?"

妻说:"有什么说呀!你别记在心上,没什么的,都过去一年了,事不过当时,他当时在干吗?他今年春天在家里做房子,现在在某家工地上干活,怎么能证明他的脚肿就是去年留下来的后遗症?我给你打电话说这件事的意思,是防止他万一找到家里来,你有心理准备。"

我说:"我有一种预感,郑想诈我一下。"

妻坚定地说:"别怕!我想他不会到家里来的,来了你也别理他!"

我说知道了。电话挂断了。我开始在家里踱来踱去。我的家在香江花园四号楼的十五层,坐北朝南。现在是初夏,凉爽的南风穿过阳台吹进了家里。我走进厨房,进去了又出来,厨房没有我要做的事;我又迷糊地走进厕所,进去了也是赶紧出来。此时我完全没有大小解的意思。后来我站在阳台上,手扶黑色的栏杆,面对粉红的落日余晖,心里的不安才慢慢缓和。但很快,不安又陡上心头。因为我此时突然把郑某家的穷困与自家的富裕联系了起来。郑某住在农村,我去过他的家两次。他的家有两间普通的平房,冬天像冰窖,夏天像蒸笼。

郑某家的房子与我家的花园房子无法做比较。

后来我躺在真皮沙发上。我没有睡着,我在思考我的不安。不知为什么,我老把我这套高档房子与郑某在我手下打工五年联系起来。我不清楚为什么要联系一起。我的不安来源于我用提成的钱购买了这套高档房子吗？我不知道。

晚上睡觉时，我心里的不安还在继续。不过郑某一个星期里没有找到我的家里来。虽然如此，我的心依然不安……

父与女

女儿坐在家门口等父亲回来，父亲答应今天给她买一个新圆规的，但父亲一直没回家。女儿等到晚上九时就睡了。父亲像往常一样，十二时过后才回家，回家时却忘记了给女儿买一个新圆规。女儿第二天醒后，失落极了。随后一星期，女儿没有催父亲，父亲也没有把这事放在心上，老是忘记。女儿心情忧郁，心里说以后再也不向父亲提起圆规的事了。就这样过去了一个月，父亲每晚十二时过后回家，两手总是空的。女儿明白，父亲是彻底把这事忘记了。自打母亲去世之后，女儿变得不善表达了，有什么事喜欢闷在心里。

这天晚上父亲回家，发现桌子上有一张写着字的纸，上面压着一个缺腿的圆规。父亲一见，就心酸脚重地走进女儿的卧室。女儿早就睡了，灯光下一双眼睛闭着。父亲坐在床边小声地向女儿承诺，明天回家时一定带回一个新圆规。声音惊醒了十二岁的女儿，她坐起来凝望父亲的脸，然后把头倚在父亲身上。

女儿说：爸爸，您明晚能早点回家吗？

父亲点头，说明晚《新闻联播》的时候就到家。

女儿稚嫩的脸上显出一团幸福的微笑。

可是第二天傍晚过了《新闻联播》，女儿也没有见到回家的父亲。于是女儿坐在桌边一边做作业一边等父亲。等到八时，女儿翻出父亲的手机号码想给父亲打个电话，但最终放弃了。女儿突然记起父亲对她的严厉嘱咐：晚上七点以后不准给父亲打电话。有一天女儿忘了嘱咐，父亲回家后吼了女儿。

女儿两手托着脸颊，静静地坐在桌边等候父亲。时间在静静地流淌，过了八时，过了九时，过了十时，父亲依然没有推开家里那扇陈旧的防盗门。后来女儿进卧室睡到床上。女儿灭了卧室的电灯，眼睛睁着，望着窗外的灯光从窗户照射进来。女儿觉得眼前都是妈妈的影子。妈妈是前年死于癌症，死时紧紧拉着女儿的手。想着想着，女儿真的睡着了。不过父亲回家之后，发现女儿左眼角上挂着一滴没有掉下的泪珠。

父亲心里难过，来到客厅时抽了自己一巴掌，然后坐在沙发上流泪。

突然父亲听见女儿在卧室里说话，没有听清具体说什么。父亲明白这是女儿在说梦语。自打失去母亲，女儿就开始说起梦语，有时下半夜也发生。这时父亲担心女儿没吃晚饭，便起身去厨房。灶台上撂着两盘菜，却没有动筷子。父亲掀开电饭煲，煮熟的饭也没有动筷子。刹那间，父亲眼里有泪滴迸出来。

父亲推醒女儿，问妮儿为什么晚上不吃饭。女儿的小名叫妮儿。

女儿坐起来，说做饭前肚子真的很饿，但饭熟后不想吃了，没有胃口。

父亲把女儿拥在怀里，下巴抵着女儿的头顶。父亲酸楚地询问女儿是不是心里特别恨他。

女儿摇头说："我不恨。但爸爸就是爱忘事，答应给我买新圆规的就是不买。"

父亲就向女儿道歉,说自己做父亲不称职,没有尽到父亲的责任。女儿不说话。

接着父女俩都保持着沉默。半晌后父亲说:"妮儿,我想给你找一个后妈,这样就有人照顾你了,你就可以安心学习了。"

女儿说:"不,爸爸,我不要后妈。虽然妈妈走了,但我有爸爸陪伴,我也是世上幸福的孩子。我不要别人照顾。奶奶说一个月后就从乡下来城里照顾我。"女儿这时想起她的同学小红。小红的爸爸给小红找了一个后妈,可小红没有得到幸福,相反常常挨打,身上带着伤痕。女儿觉得她的全身开始哆嗦。

父亲没有驳回女儿的想法。她将拥着女儿的手臂加大了一点力,显得紧紧地。父亲望着窗外叹息一声。突然父亲换成圆规的话题:"妮儿,爸爸今天又食言了,没有带回新圆规。明天爸爸一定带回来!"

女儿说:"爸爸,在我学校旁边的文具店里就有圆规卖的,但我希望爸爸亲手给我买一个。想知道原因吗?"

父亲睁大眼睛瞅着女儿,想知道原因。

女儿笑着说:"我是希望爸爸能有一天早点回家,陪妮儿说会儿话。"

父亲沉默,把女儿的头放到枕头上,轻轻拍一下,吩咐女儿安稳睡觉。

这晚,父亲辗转反侧没有合眼,他一直翻阅着前妻的画册,郑重思考着是不是时候给女儿找个后妈?

第二天,女儿放学回家,进屋就见到了父亲。父亲将一个漂亮的新圆规送给女儿。同时,父亲向女儿说了他新换的手机号码,告诉女儿任何时候都可以给父亲打电话,父亲二十四小时与

女儿保持电话畅通。

女儿说:"爸爸,您以后每天能早点回家吗?"

父亲向女儿表态一定做到。女儿一听欢欣鼓舞,拉着父亲的衣角摇来摇去……

感　觉

走进亲家的院大门,我想儿媳妇见到我会高兴,但儿媳妇还在那家私企上班,要傍晚六点钟才下班。亲家母从厨房出来,接着把我拉进厨房。洗衣机正在发出哗哗响声,她想在厨房跟我说话,顺带着照看在工作的洗衣机。

坐在亲家母搬来的椅子上,我抱歉地说:"实在不好意思,让芳芳在你这儿居住了三个月。不瞒亲家母说,我这次来,就是想把芳芳接回家的。老居住娘家也不是个事。"

芳芳就是我的儿媳妇。我的妻子过早因病去世,家里这些年就我跟儿子二人生活。我在外面包了工程,儿子研究生毕业后分在外省工作。我的工程没有竣工,儿子也不能随意离开工作岗位,这就是导致儿媳妇居住娘家的原因。

但亲家母像是不接受我的抱歉。她说:"亲家亲家如同一家。再说出嫁的闺女也是我的闺女,哪能出嫁了就生分了娘家?"

我微笑说:"大姐说的是理。只是还有'嫁出去的姑娘泼出去的水'一说。"

亲家母笑说:"过去的老皇历,不时兴了。"她给我倒了一杯茶水。

我清楚,亲家母没有说出内心真实的意思。她知道故乡风俗习惯,我也知道。她爱自己的闺女那是她的一片心意,作为我这一方,应该负起应负的责任和义务。

我对亲家母说:"芳芳在你这儿吃的三个月,我会支付钱的,不能白吃白喝呀。"

亲家母一听撅起嘴说:"亲家公,你这么说我就生气了,不是见外吗?"

亲家母是真生了气,她脸上的表情已经证明了这一点。于是我就说这个人情,留待将来让儿子和儿媳妇来还。

这天我没有走,亲家母硬是留我吃晚饭。六时芳芳回来了。我向芳芳说明我的来意,她饱满的脸上有了喜悦的笑容。她高兴地说:"我早想回去,只是房子太大,我一个人在那大房子里感觉孤单,空荡荡的。我曾在房里一个人睡了一晚,那晚一夜没有睡着,眼睛闭上了又睁开,老是想各种稀奇古怪的事。"

我歉意地说:"我能理解。现在好了,我的工程竣工了,我回来就不外出了。"

芳芳没有回答我的话,而是跟她母亲说了一句话出去了。

饭后我准备回家。亲家母把我送到院外。我站着不走,望着跟在后面的芳芳。

我说:"芳芳,跟我一起回家吧。"

芳芳说:"我想了想,还是住在娘家。"

我说:"现在我不到外面搞工程了,家里有人。"

芳芳说:"算了,我还是住在娘家方便。"

我诧异地望着芳芳,不知道说什么好。半响后我说:"你最好还是回家住好些。"我还有一句话没有说出来:你不能一辈子住

在娘家吧？

　　这时亲家母开口说："芳芳就不回去了，留在娘家好些。"

　　芳芳走过去抱紧亲家母的左膀子。我脸上飞起红云，转身走了。

　　一路上我心情欠佳，脑子里老在回响芳芳婚前对我说的一句话：爸，婚后我会孝敬您的。这样老住娘家不回家，是孝敬我吗？严重一点说，是对这个家庭负责吗？

　　回家后我给儿子打电话。我说："你个臭崽子，这三个月你就没有给你媳妇打电话吗？我觉得她变了，完全不是婚前那种样子。你问她不回家，心里到底是怎么想的。"

　　儿子安慰我："爸，您不要瞎想，她刚才跟我打过电话，说她不回家，纯粹是考虑母亲不在，您作为公公一个人在家，她回家不好意思。"

　　我一听仿佛血冲头顶。我生气地大声说："你把话说明白点，不要转弯抹角，她是不是不想见到我这个公公？"

　　儿子为难地说："爸，芳芳不是这个意思。"

　　我质问什么意思？

　　儿子挂断手机。我再拨过去，儿子的手机提示已经关机了。

　　我一个人在家里住了一个星期。虽然我住在我家的大房子里没有空荡荡的感觉，但我心里总是感觉一种没有家人相伴说话的寂寞。我把我的感觉说给儿子听。儿子说这是没办法的事，儿子建议我如果不想一个人在家住的话，就不如出门包工程，屋里没人算了。于是我再次去了W市。

　　这天，我给芳芳打电话，旁敲侧击地暗示了我对她不回家的意见。没想到芳芳说："爸，我说实话吧，我现在还没有家的感觉。"

天啦,没感觉何苦当初逼我装修房子要结婚呢?什么时候才有感觉呢?

变　故

她用五年时间,终于当上了公司行政主管。

这天接到任命书,她说不出心中的激动。她来到咖啡厅,特意找了一个安静的位置坐下没有人打扰她。她要的是这氛围。咖啡厅里真的很静。她喝着咖啡,发现墙壁上有一面镜子,就起身过去。她站在镜子前仔细端量自己的脸。五年后的今天她觉得自己老了,脸上虽然还有光泽,但较初到公司时已经暗淡许多。她两手摩抚脸上,心里泛起了惆怅。

她走出咖啡厅时华灯灿烂。灯光下有一对对男女相拥。她看见有一对情侣在亲吻。她马上收回眼光,觉得自己的眼光像小偷。突然她觉得心里有一丝悸动,这是从来没有发生过的。她萌生了找个男朋友的想法。耽搁了五年,不能再耽搁了,她想。男朋友拥着亲吻是什么滋味呢?她一边走一边揣测。回到公司卧室时她还在想。这晚睡觉,她都没停止这种突然萌生的念想。是该恋爱了。后来她睡着了,一团微笑一直挂在脸上。

她对男朋友的选择标准非常现实,要有车子、房子和帅气。她对男朋友的帅气有自己的独特标准,就是能在瞧他的时候撩动她的心弦。把公司所有男士都过滤一遍,她没发现适合她的男士,感觉不是"缺了胳膊"就是"断了腿",没有一个是完美的。

这个星期六,她突然想去夏天的海滩看看。这个城市临海。她听说夏天海滩上有无数的俊男,也许自己的意中人就在那些俊男之中,她想。

她站在一个稍高的位置。她的眼光梭巡在众男身上,一个个人影在她眼里过滤。她的心弦没有被撩动。正在她垂头之际,一位俊男走下一辆白色轿车。她顿感眼前一亮,感觉这是上帝安排吧。周六的傍晚他们终于聊上了,聊得很投机,一点儿也不生分。她回公司时,俊男用车把她送到公司门前。这晚有月光,分手时,她见男士的身影照在地上很长。

接着,男士的手机号码存在她的手机上。三个月后他们开始同居。半年后她有了身孕,小肚子显了形,以前的衣服多半不能穿。她说她要结婚,要明赶紧准备。明就是俊男的名字。

"我天天盼着这一天。"明激动,抚摸她的肩。

"婚后我不想上班,这样挺着肚子在公司晃来晃去不好。"她说。

"婚后上什么班呀?你清楚,我是我们公司销售经理,年薪十万,还有外水,你那点上班辛苦钱不足一提。"明说得胸有成竹,非常自信。明把耳朵贴上她的小肚子倾听,能感觉肚里孩子在动。

他们结婚了。

结婚这天明请了八台高级婚车。一位扫马路的清洁工知道每辆婚车的价值,打起"啧啧"。八台婚车拖着这对新人在城市绕圈子。他们还特意请来摄影师,随车记录婚庆的精彩瞬间。

洞房贴满红喜字。她和明进入洞房时,红喜字映红了他们的脸。细语声在洞房里飘舞,轻轻地说轻轻地笑。人生理想,未来展望,幸福指数,她能想到的她都说了,明一一做了答复和安排。明把手放在自己胸口上拍打。她说相信他,就拉下明的手放在她的手里抚摸。

又过半年,儿子出生了。她感觉自己这时真正成了一位家庭主妇。

这天,她抱着儿子,坐在阳台上晒太阳。冬天太阳温暖。

有人突然敲门,她听见后开了门。这时,进来一个满脸横肉的男人。他说这个房子的租期只差一星期到了期,提前来打听一下是继续租还是退房?男人告诉她,说有别人已经向他打了招呼,想租这套房。

她睁大眼睛,莫名其妙。婚前明不是说是自己的房子吗?怎么变成租的了?

她没跟横肉男人多说什么,她把他送出门外。她打算等明回来了解情况后再说。她估计这横肉男人肯定搞错了。

明回来时已经傍晚。天阴着。随明进屋时,一股冷风跟了进来。

她把遇到的蹊跷事说给明听。明不吱声,一股劲地抽烟。

"你说话呀?"她激动,险些吵醒睡在摇篮里的儿子。

明还是不说话,还是抽烟。她上前扳明的肩膀。明突然站起来,直眼瞅着她。

"我实话告诉你,除了我爱你是真的,其他一切都是假的。"明咆哮。

"你说什么?你把话说清楚!"她说。

明说了。原来房子和轿车都是租来的,销售经理的头衔也是假的,明只是销售经理手下一名干将。

"你怎么能骗我?你为什么要骗我?"她显得绝望。

"我是骗了你,我不骗你,你能有这个漂亮儿子吗?"明安慰

她。

她张嘴想说什么，明却偷偷溜出去了。

尴 尬

小林自费出版长篇小说《天上人间》的四万元钱都是借的，借时说好什么时候有钱什么时候偿还，可是不到一个月，借款人突然变卦说急着要用这笔钱，三次登门催逼小林还款。小林只得拆东墙补西墙，但该求援的都求了，结果一无所获。无计可施之时，小林打算去找W市的伍德求援。他们曾是难得一见的文学挚友，不分彼此，好到共穿一条裤子。同时伍德是一名写小说的高手，名气在家乡响当当，可谓家喻户晓。现在伍德定居在外省的W市，据说是身价千万的企业家，身上拔一根汗毛也不只四万元，找他帮忙应该水到渠成。

但妻子反对小林此行。妻子说："此一时彼一时，你们五年没有相见，过去推心置腹，未必现在还有那种纯洁的文学友谊，假如伍德把你忘在九霄云外，你去见他只有尴尬和丢人。"

小林说："我了解伍德，他不是那种薄情之人。再说我是找他暂借四万元，不是要他白白送给我，即便他真是忘情之人，也不至于如此小气。"妻子见小林铁板钉钉去意已决，只好嘱咐小林去时多带一点钱，倘或伍德是一张冷脸就坐车返回，免得像个穷途末路之人坐以待毙。

但小林缺乏出门经验，他在W市下车后就被一个年轻貌善的送客的摩托车司机骗了。司机送他去伍德公司的途中,在一处无人的地方将他打倒在地,抢劫一空。因为摩托车没有牌号,小林只能哑巴吃黄连无法报警。好在这家伙没有赶尽杀绝,他丢下了小林准备送给伍德指教的《天上人间》和一部打电话中断信号的旧手机。小林从地上爬起来时一脸狼狈,用手去摸疼痛的膝盖,发现平时舍不得穿的新裤子磕破了一个拳头大的窟窿。

可伍德见到小林,非但没有给予同情和怜悯,反而埋怨小林不该省钱的地方不能省,真是江山易改本性难移,低劣的平民心态抛不掉。伍德表情冷酷地说:"假如你坐的士,就不会遭此劫难。没想到五年之后,你小林依旧脱不掉文人的迂腐,甩不掉文人虚伪的外衣,还是文质彬彬一身酸味。"

此言一出,小林满脸绯红,痴愣愣地瞅着伍德张嘴打算反驳,但一想是来有求于人家,就忍了。

在伍德豪华辉煌的客厅里,小林把《天上人间》呈给伍德指教。小林以为伍德会向他激情的狂呼,表示热烈的祝贺,但这样的激动场面没有出现。伍德仅仅说了一句礼节性祝贺,不痛不痒,似乎还有觊觎的韵味。他瞧瞧书的封面,瞅瞅书的价格,掂掂书的重量,说《天上人间》挺沉的。小林睁大眼睛,觉得"挺沉"二字怎么理解都不像一个褒词。

晚饭后,小林希望与伍德一起到外面踏月畅谈,文学情结应该让他们有说不完的话。但伍德在客厅里走来走去地打电话,不经意间扭动一下肥大的屁股。好不容易结束一位客户的通话,就坐在黑色真皮沙发上,大谈特谈他的金钱至上论。伍德还列举乔布斯、巴菲特等一些商界领军人物作为他理论的注脚。两个半小时内,基本上都是伍德在口若悬河,小林除了洗耳恭听还是洗耳恭听。伍德一字未提《天上人间》,一字未提他们曾在幽静的山村里苦苦追求文

学的酸甜苦辣。小林想把话题拉回到文学创作上,就提醒伍德的小说当年曾获地区文艺奖的盛况。没想到伍德说:"提它我就脸红,在我心中小说早就死了,成了过眼云烟。有一次我向商业上的朋友提说我写小说的事,他们竟然捧腹大笑,险些笑翻桌子,说我'俗'。"接着,伍德一脸红光,说他现在终于超凡脱"俗",享受着创业与金钱给他带来的幸福和快乐,有钱的感觉真爽!

话不投机半句多。小林觉得他与伍德之间挡着一条鸿沟。小林借口坐车太累进伍德的接待室睡了。但他哪里睡得着,一直在想"小说早就死了吗"?

第二天,小林回家时向伍德暗示他的来意。

伍德说能够理解小林的困难,可以优惠小林来他的公司上班,他可以看在过去一起文学创作的友谊上,给小林安排在有空调的办公室工作。

小林说除了写小说他什么都不会。伍德说可以从头学。小林顿感从头顶凉到脚底。伍德随后把小林送到火车站,交给小林一张回家的车票。小林说途中还要吃饭,伍德顺手在公文包里拿出一张百元钞塞给小林。

回家后,妻子对着小林泪水横流一句话不说。小林着急地说:"你老是哭不说话,你是不是心疼钱被劫匪抢了?或是气我不听你的话执意要去W市?或是惋惜我的新裤子磕出了窟窿?你说呀!"这时妻子哭声更大,同时迭迭地说着什么都不想说!难道妻子伤痛"小说早就死了"吗?小林一想全身就起鸡皮疙瘩,害怕妻子伤心之下一把火烧毁了作为他精神支柱和梦想的《天上人间》,并将它们藏匿到妻子不易发现的地方,一切办妥之后,小林的眼角里掉下一滴泪水。

重新认识自己的双手

　　打工归来的春儿,在夕阳落山时回到了家里。春儿进屋就咧嘴笑着喊爹。坐在饭桌边的爹眼睛亮堂并站了起来。爹说春儿要回来为何不提前打个招呼,让爹到县城里去接她。自打五年前老伴病逝以后,爹把所有心思和情感都放在春儿身上。身材高挑的春儿是爹这辈子唯一的闺女。爹把手里烟蒂丢在地上,佯装生气地埋怨春儿现在胆子越来越大,因为回家途中有一段有野狼出没有野草疯长的山路。春儿微笑地走到爹的面前,握紧爹的手说自己二十一岁了,不是一个缺乏保护意识的小女孩。

　　爹说春儿这半年在外打工还是过年离家时那个瘦精精的模样。爹问春儿在外打工的生活是好或是不好?爹在春儿走后兴建了几亩鱼池,希望春儿如果在外面生活不好就回家跟他一起养鱼致富。春儿说她在外面过得很好,并叫爹看她手上的皮肤是不是比过年走时白皙些了?春儿刚把双手伸到爹的面前又赶紧缩了回去,躲避似的放在裤子两边的裤袋里。爹以为春儿是害羞,就说晚上家里没有菜吃,出门到山坡那边的二瘌子家去买豆腐和豆皮。

　　爹走了。一个人在家的春儿觉得屋里能听见鞋针落地的声音。

　　母亲的遗像挂在墙壁上。春儿看见镜面和镜框上都沾染了一层灰。在用红毛巾揩拭遗像的时候,有泪水从春儿眼里迸出并滚过她的脸颊。春儿小声地自语道:妈,我从心底来说不想出门,

我希望天天在家里照顾爹陪伴爹。可是我也不能见爹为了这个家成天累死累活,我要帮爹分挑家庭的重担。春儿说着的时候将目光集中到自己的一双手上,突然间她粉脸变色,将母亲的遗像赶紧挂到墙壁上,然后让自己的两只手互相对打。春儿在心里告诉母亲,说她现在非常痛恨自己的这双手。

爹回家时北斗星已经露出了轻盈的笑脸。爹叫春儿歇着,他进厨房做饭。春儿却从黑皮包里拿出一万五千元现金交给爹,说是她这半年在外面辛苦赚的。春儿说:爹,把借张婶和李婶的钱还掉吧,剩余的钱您吃好一点穿好一点。

这是春儿第一次给家里挣钱。爹睁大眼睛瞧着钱然后微笑地望着春儿。爹把钱还给春儿,希望春儿把自己挣的钱存起来将来带到婆家充装脸面。春儿不要。春儿说爹不要钱她就真生爹的气。爹只得收下,说暂时替春儿保管着。

这晚,春儿在厨房切菜时切破了自己的手指头。灯光映着刀面上的血,使血显得更红。春儿总是被自己的双手分神。其实春儿在心里决定了不去想她的双手,但不想不想最终还是会想。爹进厨房时见到了春儿用布条包扎的手指,就心疼地把春儿推出厨房由他来做晚饭。

饭后,爹说:闺女,你这半年在外面做什么工作呀?春儿说:我在一家电子厂上班。爹说:每天工作累不累呀?春儿说:我觉得做习惯了一点不累。爹说:既然不累又能挣钱,我就不把你留在家里跟我一起养鱼致富,你还是回你的电子厂上班吧。

这晚半夜,爹听见春儿在卧室里发出嘤嘤的啜泣。爹惊然起床来向春儿询问原因。春儿说她刚才梦见了妈妈,要爹去睡不用为她操心。其实春儿没有梦见妈妈,她是梦见了自己的一双手。春儿不明白她的双手为什么突然间进入她的梦里。

一个星期后春儿要返回电子厂上班。爹在大雾弥漫的清晨送春儿去坐火车。与春儿分手的时候,爹把一个折叠好的纸条交给春儿,嘱咐春儿在路上一定不要打开看,等到了电子厂以后再打开一字一句地细看。

但是春儿在火车上就打开了这个折叠好的纸条。纸条上,爹嘱咐春儿不要在意做什么工作,要春儿时时刻刻记着"自洁"两个字。爹说昨天他从一个熟人嘴里得知了春儿真正上班的地方是一家洗脚城,这没有什么值得自卑,凭劳动挣来的钱都是光荣的。

这一刻,春儿眼里布满了感动的泪水。她担心爹不能理解她,没想到爹却理解她了,让她重新认识了自己的这双手并充满自信。

后　悔

亮曾向妻子倾诉过自己当年做错的一件事。它有时像针一般刺痛亮的心。

亮的后悔事发生在亮读高中一年级时,那年亮十七岁,个子比母亲高出半个脑袋。母亲在那年冬天来到亮的学校送亮的冬衣。母亲到学校时亮在上课。这是母亲第一次来到亮的学校,她不知道亮在哪个教室,于是一个一个教室挨着寻找。在紧靠围墙边的教室里,母亲终于见到坐在教室最后排的亮。但母亲不想影响亮上课,打算等亮下课后再找亮说话。由于对学校一切感到新

鲜和有趣，母亲就把亮的衣服放在亮的教室门口，一个人在学校里这儿看看，那儿瞅瞅。母亲诚实，见到任何人都向人家热情地打个招呼，这让不理解母亲的人感到莫名其妙。有人见母亲脸孔沧桑衣服破烂，就把四十岁的母亲说成六十岁的老太婆，还说母亲的大脑有令人难以理解的毛病。性格孤傲的亮下课后，听见很多人如此议论母亲，于是脸色通红地躲到避嫌处不与母亲见面。母亲见不到亮，着急地在学校里大声呼喊亮的名字。亮听见后咬着嘴唇，几次想出来答应母亲但最终还是放弃了。老师诧异，把亮找到办公室追问原因。亮说母亲只是村里一位熟悉他的大妈，来镇上购物的时候顺便带来他的冬衣。不用说，母亲被学校保安不客气地"请"出了校门。但母亲出去后没有及时离开，而是把具体情况向学校保安做了说明。

从此，亮在学校名誉扫地。而知道真实情况后的母亲更是痛哭失声，一个纠结的疙瘩伤心地堵截在她的心里。

又是一年一度的母亲节。居住县城的亮，在这个节日里带着妻子和儿子回老家看望住在乡下的母亲。亮在车上望着窗外逝去的树木，对妻子又说起他当年那件幼稚无知的蠢事。亮认为，那完全不是一个肚里有些墨水的高中生做出的不耻之事。

妻子一针见血地指出此事充分说明了亮当时的虚伪。妻子说在她的娘家曾经也出现过类似的情况。有一位父亲来学校看望他的儿子，但儿子嫌父亲穿得破烂，腰缠稻草绳子，担心同学们知道真相后讪笑他，于是向同学们解释说父亲只是村里一个他认得的熟人。不过现在，那位同学像亮一样后悔莫及，同时害怕自己的儿子长大后像他当年对他父亲一样地对待他。

从县城回老家途经亮当年就读的高中校门前。亮坐到校门前时嘱咐妻子带着儿子先到老家，他打算到学校里面看看后另外坐车回去。

　　这天,亮见到母亲时不断自责,并向母亲提说早已过去的蠢事。亮心里清楚,这是他第一次鼓起勇气向母亲当面忏悔自己的过错。亮希望母亲就此事狠狠地批评他。但母亲说这件事她早就忘在脑后了。母亲同时追问亮为什么过去这么些年还耿耿于怀这件事。亮惭愧地说他年龄越大记忆越深,觉得非常非常对不起母亲。

　　母亲说:我当时都原谅你了,你还提它干什么?

　　亮说自己不能原谅自己,为什么当年就那样傻蛋呢?亮说着,两腿沉重地给母亲跪了下去。可是这时亮的儿子跑过来追问亮,不年不节的为什么给奶奶拜年呢?

　　母亲告诉孙子:你爸爸直到今天才长大懂事,你将来不要学你爸爸头脑愚蠢。

　　十二岁的儿子眨着眼睛思索奶奶话中的意思。他不明白。

　　而亮哪里知道,母亲已把这件令她伤心的往事深深地刻在记忆里。

挽　留

　　一个多月前妻子就对我直接或间接的加以暗示,希望我离开她打工的公司,回到三百公里以外的那个大门锁着没人照看的老家。每每在妻子暗示的时候,我都会给妻子一张生气的难看的脸。我不生气的时候脸色就难看,我生气的时候脸色更加难看。但为了不回老家并且能跟妻子天天一起生活,我顾不得平常装出来的绅士一般的风度。我对妻子说:就是你用棍子撵我离开这儿,我也不会回到那个没人说话没人做伴的老家。

我不愿意离开妻子,除了对妻子有一种难以割舍的依恋之外,主要是我担心回家后的一日三餐。结婚以前受父母的宠爱,养成了一种饭来张口衣来伸手的不良习惯。我从来没有进厨房帮母亲做过什么,以至于到今天我除了用电饭煲蒸熟米饭以外,根本炒不出一盘能够下咽的菜。可以想见对于挑剔饮食的我来说,回到老家以后会遇到多大的困难。

我在妻子这里已经玩了三个月零一天。我从老家来的时候是新年过后的初春,山坡上还没有绽出绿色的草芽,现在变成了阳光明媚万物复苏的暮春。来此第一天,妻子就要我到外面找一份工作挣钱养家。妻子打工的公司在S市的高新开发区。妻子说我在这个地方找到一份工作应该没有问题。但事实上我到外面找工作找了八次都遇到了问题。用人单位都要求具备一定的文化水平,同时重点要求具有胜任应聘工作的一技之长。我肚里的墨水实在有限,我更没有拥有一个证书或一个证件的一技之长。就这样,我在这个高新技术开发区找工作成了一纸空文。

妻子说我不回家,在这里给她带来了被人讥笑的压力。我对妻子的话持否定的态度。我质问她:我在这里丝毫没有影响你的上班,相反,我或多或少地给予你一定的帮助,比如到食堂替你打饭,比如在你忙碌的时候清洗你换下来的脏衣服。我每天只是在住地看电视而从来不去你工作的车间,你为什么会有被人讥笑的压力呢?

妻子板着她的爬满皱纹的脸说:我的同事们从侧面说我在家里养了一个只吃不做的小儿子。

这话似刀子一般,深深地毫不留情地刺在我的心底深处。我不是一个好吃懒做,靠老婆养活的没用的男人。以前我有自己的工作时也是一个风光的男人,我认为我只是暂时没有工作,说不定下个星期或下个月就有一份适合我的工作。

我生气地说:你不觉得你说出这种话伤害了我们夫妻感情吗?

妻子选择沉默来回答我提出的反问。半晌后,妻子深深地叹息一声,脚步无力一般地走出住地的大门,顺着公司围墙一直朝前慢步地走着。

那天晚上妻子上夜班。我在妻子上班后一个人在家里没有一点看电视的兴趣。我躺在床上前前后后反反复复地想。想到天亮的时候,我决定三天后离开妻子回到老家。我在心里已经做好了回到老家后解决吃饭问题的方法。我计划买一本烹饪的书认真学习,一定做出一样拿手的菜。

但是,妻子见到我从书店购买回来的彩色封面的烹饪书时,眼睛不停地眨动。妻子把这本书压在了床铺的褥子下面。

妻子说:我仔细想了,你回家后只有饿死的份,还是老老实实在这里我养着你。

我回老家的心意已决,我不可能让妻子的一句挽留就改变我的主意。我在妻子上班后收拾好了回老家的随身物品。

可是,下班的妻子将我的随身物品散落一地。我吼她想干吗?妻子没有回答我的话,躺到床上转过脸去。当我再次吼她干吗的时候,妻子轻轻转过身来慢慢地说:你想把我一个人留在这儿,你想得美!

理 发

　　一个多月没有理发的他,脚步轻盈地走进一家名叫"梅梅"的个体理发店。屁股落座那把玻璃窗前的黑皮椅子时,他脸上的表情显出了安逸与平和。这时,已经步入中年身材开始发胖的梅梅,从理发室靠右的一扇侧门里热情地走出来,微笑地说欢迎他来理发。他的头发这两年都是梅梅负责理的,他们谈不上有浓厚的交情,但可以说是熟人。

　　他说夏天来了,想把长头发剪短一些。他说这几天他的眼睛总是迷迷蒙蒙看得昏沉。

　　梅梅问他打算剪短到什么程度,说着的时候已经给他围上了遮挡头发的黄色胸布。

　　他说剪得略比平头的发型长一点即可。他说他的发型真的剪成了平头就显得老气横秋,不好看。

　　梅梅一边说知道了一边给他理起头发。梅梅问他怎么近期像是长胖了一些。

　　他说长胖与个人心态有很大的关系。他说他最近的心态非常好。

　　梅梅请他说说她近期长胖了没有。天天在减肥的梅梅非常担心身体进一步地发胖。

　　他透过眼前的玻璃镜打量给他理发的梅梅。他说梅梅此时的身材跟他一个半月前来理发时基本保持了一致,没有出现令梅梅害怕的反弹迹象。

梅梅爱听这话。在梅梅喜滋滋微笑的时候门外走进来一位老年妇人。他没听清老妇人跟梅梅说了一句什么话。他见老妇人径直地走进了靠右的那扇侧门,两分钟后又出来。在老妇人跨出门的瞬间,梅梅笑了起来。梅梅对老妇人说:妈,您脚上沾了我放在地板上黏老鼠用的膏子。梅梅说她昨晚上黏到了一只寸半长的小老鼠,然后用脚将小老鼠踏死了。

老妇人说她家里的卫生间里最近总有可恨的老鼠出没。老妇人说她昨天在大便坑里拉出了一只已经腐烂的老鼠,当时将她臭晕在卫生间里,拉出老鼠的左手膀子到现在还有一股难闻的味道。

他听着,在老妇人的声音没有结束时摇起脑袋。这时梅梅正用锋利的剃刀在他光滑的脸上刮着绒毛。他的脸上划出了一条流血的口子。他冲梅梅发火说怎么刮的。梅梅冲他发火说无故摇什么脑袋。

他突然张开嘴巴呕吐觉得老鼠钻心的臭味将他的五脏六腑搅得分了家。

变　化

小桃放学回家一边走,一边抽抽搭搭地哭泣。夕阳映着小桃哭红的眼睛。小桃的眼睛本来很好看,不哭时灵气活现,现在变得呆滞了。小桃有一张稚气的娃娃脸,平常在人面前一晃,就给人非常愉快的感觉。但现在,小桃一哭泣,变形的娃娃脸一点都不好看了。小桃揩眼泪的姿势更不好看,顿然失去了以往的轻盈和雅致。轻盈和雅致这两个好词,不是我杜撰的,是认识小桃的叔叔阿姨们用来形容小桃的。

离家不远的北京路上,有一所教育质量优秀的小学。小桃就在这所小学里读四年级。沿途的叔叔阿姨爷爷奶奶,没有几个不识得小桃,大部分与小桃显得熟悉而亲切。他们真心实意,不是佯装出来的。他们总是找机会跟小桃搭讪。小桃从他们手中吃到了很多不需掏钱的零食,小小心灵里滋生了胜过其他同学的风光和优越。

但这天哭泣着回家的小桃,却没有享受以往的风光和优越。直到回家,小桃只发现三个人跟她说了话,且言辞短得不能再短,就是"这孩子哭啥呢"?没有人来哄劝小桃,给小桃好心的安慰和笑脸。这让小桃非常不解。

同时,回到家的小桃也没有引起母亲足够的重视。母亲仅仅拿来毛巾替小桃擦了眼泪,摸了摸小桃扎着马尾辫的脑袋。母亲埋怨小桃动不动就哭,将来有什么用呢?小桃发现,一向关心她爱护她的母亲对她的态度,较之以往发生了根本性的变化,像回家时遇到的那些熟悉的叔叔阿姨一样。

"妈,我在学校受到了欺负,您要为我出气!"小桃瞪圆眼睛说。

母亲要小桃说出在学校被欺负的理由。

"张三叫我帮他抹桌子,何五要我帮他打饭,班主任没经我的同意就调动我的座位,把我从最佳位置调到最差位置。我没帮张三抹桌子,被张三踢了一脚;我没帮何五打饭,何五夺了我的饭碗;我找班主任理论,班主任说我有意见可以转学呀。"小桃不哭了,一本正经地告诉妈妈。

妈妈抬头望了望天花板,叹息一声,没有说出一个字。

"妈妈,您说这是我爱哭还是我不得不哭?您要到学校去找张三、何五和班主任,给我讨个说法。妈妈,您知道吗?最近一星期,我发现老师和同学看我的眼光都变了,有人还在我的背后嘁嘁私语指指点点,我感觉他们把我当成了一个坏人。"小桃说完,又要哭泣。

"不许哭!不要说!"妈妈说话的声音很大,发小桃的脾气。妈妈说完,再次望着天花板,再次叹息,最后走进卧室关了房门。

小桃一下子愣住了,不知道母亲为什么冲她发火。母亲的态度改变之大,让小桃不敢相信自己的眼睛。平常,小桃的情绪只要发生一点风吹草动,母亲就会惊慌失措,风风火火地赶紧前去讨"公道"和"说法",无论小桃有理或是失理,胜利总是站在小桃一方。小桃一辈子不会忘记,有一次她打破班上一位同学的头,班主任在处理这件事时没有批评她,反而批评那位受伤的同学面对小桃的石块飞来不知道赶紧躲开。小桃回家后把这件事告诉了母亲。母亲先是轻轻拍几下小桃的肩膀,然后满脸微笑地说:"你小孩子家不懂得这里面的奥秘,也别问了,等你长大后自然明白了。"

小桃放好书包,到水龙头下面洗净脸,就来瞧关在卧室里的母亲。

房门闩着,小桃推不开,就站在门外大声喊。

一会儿房门开了,小桃见妈妈眼里溢满了泪水。小桃明白,妈妈刚才躲在卧室里哭了。小桃抱着妈妈,心里针刺一般难受。小桃的记忆中,这是妈妈第一次哭泣。反过来说,是小桃第一次惹妈妈哭泣了。

小桃内疚地说:"妈妈,是我不好,惹您伤心了。"

妈妈愧疚地说:"不是你惹妈妈伤心,是你爸爸惹妈妈伤心。"

一个星期前,小桃当镇长的爸爸突然被"双规"了,妈妈瞒着小桃说爸爸在市里开会哩。

打　赌

我表面上没笑心里却在笑,我讥笑妻子今天陡生了与我打赌的意念。我们结婚十一年,这是我们夫妻间破例第一次打赌。我想不明白的是,从不喜欢打赌并在人前人后对打赌冷嘲热讽的妻子,竟然自己成了吃饱饭没事可做的娱乐闲人。

我追问妻子是什么原因让她陡生了打赌意念?妻子用"好奇"两个字来诠释。我继续追问妻子为何突然对打赌产生好奇?妻子除了再用"好奇"作为解释,没有说出让我信服的理由。在我看来,妻子说"好奇"是在有意搪塞我。我不想跟妻子打赌,但赌注让我改变了想法。妻子说,如果我赌赢了,可以一个月不用做饭。在来这家公司打工时,我与妻子有过明确约定,每天下班后她洗衣服我做饭。

我和妻子打赌的内容也简单,就是赌请假半个月已经离开公司的小王,能不能到时候再来公司上班。小王是公司一名成品扛包员。妻子是公司一名成品缝包员。妻子每天上班时缝的每一包都经过了小王的肩膀。

我一听赌注就忍不住笑了起来。妻子坚信小王不会再来公司上班。我根据对小王的了解，认定妻子这次非输不可。小王住在绵绵大山深处，家庭困难致使现在还住着三间陈旧的瓦房。小王有一次曾对我说，他现在只有一个多赚钱改变家庭现状的目的。而我们打工的公司对员工的福利待遇和应得工资，比同行业都好。我相信，没有特殊一技之长的小王，到时候肯定要来上班。

还有两天就能证明小王来不来公司上班，就要分晓我和妻子的赌约。我好心地提醒妻子：如果你觉得现在后悔了，我们可以取消打赌。我不希望你到时候下班了又要做饭又要洗衣服，担心累垮你并不强壮的身体。

可妻子瘦削的身体里长着一颗不服输的心。妻子认为我现在下这种结论为时过早。妻子坚决地说：这次即便我输了我也要打完这个赌，何况我不相信会输，不相信会看走了眼。

第三天，是我们打赌的最后期限。这天我发现妻子脸上的表情非常平静，似乎她已经跟小王暗中通了电话胜券在握。但最终，小王风尘仆仆地来到了公司。在小王走进公司大门的瞬间，妻子站在成品库门前一下子睁大眼睛。妻子不相信这是真的，脸上都是惊慌、生气、愤懑的表情。妻子呻吟似的自语一句：小王为什么会来上班呢？这句声音很轻的费解的话，让站在妻子跟前的同事们都向妻子投来不解的目光。

妻子平生第一次打赌输了。

我对妻子感情深厚，我哪里真让妻子又洗衣服又做饭呀！这天，妻子放下碗筷后说了一句令我目瞪口呆的话。她说：以前在书上或电视上见到有人说男人不是好东西，我不信，这回通过小王，我彻底相信了。

横想竖想，我不明白这句话与打赌有什么关系。难道妻子萌生打赌的动机就是为了证明这个无形的概念吗？于是傍晚我们

在星光下散步时，我向妻子说出了我的疑问。妻子用小王的情感故事回答我。这个情感故事我也知道，小王跟公司的缝包员小柳暗中相好，经常偷偷在一起同宿。

妻子说:我明明听小王请假之前说过要去南方找小柳，并说小柳已经怀上了他的孩子。

我说:感情的事说不清楚。即便写情感故事的作家也设计不好故事的完美结局。

妻子说:小王既然这么寡情，当初就不该死去活来地追人家小柳，把小柳弄得身败名裂只好选择了辞工。妻子说完这话时静静地瞅着我。半晌后妻子突然质问我以后会不会学小王不负责任。

我睁大眼睛反问妻子怎么由打赌扯到小王，再由小王扯到我呢。

妻子没有给予我半个字的答复。不过从此后，妻子经常与我谈论情感方面的事，似乎有意或无意地向我暗示什么。

电　话

母亲记得清清楚楚，这是儿子第一次挂断她的电话。儿子当时问母亲睡觉没有。母亲回答"我在加夜班"。但母亲还没有说出"班"字，电话断了。电话断的仓促，转瞬之间。根据母亲对电话的了解，可以肯定电话是儿子有意挂断的。加夜班没有什么不好呀，工资是白班的两倍，怎么影响了儿子的情绪？母亲思来想去，

最终没有想明白。没有想明白,母亲就在心里纠结了一个疙瘩。母亲把挂断电话与十年前病死的丈夫联系起来,与儿子现在长大成人,读完了研究生,最近在省城有了一份令人羡慕的高薪工作联系起来。还有一个多月就是春节,儿子要回家过年,母亲想好了,到时要儿子当面给个解释。母亲不能让儿子简单解释搪塞过关,母亲要以此事与儿子进行一次心与心的交流。

春节来临了。儿子兴致勃勃地回家了。

还是像每次见到儿子时一样,母亲满脸笑容、喜笑颜开,进厨房给儿子煮饭烧菜,然后从床铺底下拉出极少使用的炭火盆,烧起了炭火。炭火溅出耀眼的火花。表面看是母亲给儿子烧炭火取暖,实际上是母亲在给她与儿子谈话创造条件。儿子打小怕冷,母亲担心谈话时儿子以怕冷为借口离开。

母亲围着炭火盆跟儿子谈话时没有笑容,皱纹深深的脸上满是凝重与严肃的表情。

母亲说:儿子,妈有大半年时间没有跟你坐在一块说说话,妈有很多话想跟你说。

儿子凑近母亲,细瞧母亲的头发。儿子说:妈,我见您又白了很多头发。

母亲说:别说这个了,人老头发白没有什么奇怪,自然现象。我问你一件事,你要老实讲出你当时是怎么想的,为什么那天晚上挂断我的电话?你知道吗,就是因为你挂断电话让我心情不好,加班没有加到天亮,在凌晨两点被缝纫针插破手指。幸亏是插在手指边,如果插到手指中央,你妈的手指就废了。当时,你妈遭遇车间主任好一顿骂,险些羞死了你妈。你妈从来是公司的优秀员工,就因为这事,你妈今年不是优秀员工了。

儿子睁大眼睛说:妈,我——

母亲说:不要打岔,等我说完了你再说。儿子,你永远不会理解妈妈当时的心情。我走在回家的路上,吹着凛冽的北风,望着天上清冷的星星,我真想哭一场。妈妈加夜班,就是想多挣钱。这些年,你爸爸手一撒走了,丢下我们孤儿寡母,都是妈妈挣钱把你养大,供你读书完成学业。劳动最光荣,妈妈从来这么想。我分析,你当时挂断我的电话,肯定旁边站有你的同事,你怕同事笑话你妈妈是一个最底层的打工者,是吗?

　　儿子急红了脸。儿子说:妈,不是您想象的那样。我当时遇到了别的事。

　　母亲说:儿子,别骗妈了,你小时候就有点瞧不起劳动的人。

　　儿子大声说:妈,您真的冤枉我了。小时候我是有这个想法,但我现在受了高等教育,这种幼稚的想法早从我的脑海里消失了。都是儿子不好,儿子求您原谅!

　　儿子说着,突然给母亲跪了下来。儿子央求说:妈,儿子求您打儿子一顿,解除您心中的纠结。

　　母亲说:妈脑筋没有昏沉,不会随便打你的,除非你有一个让妈非打不可的理由。

　　儿子说:妈,我给您说出实情吧。我挂断您的电话,是我当时被一个朋友带到一个豪华场所喝酒作乐。而您却在寒冷的夜里加班,我不挂断电话,我还有脸跟您说下去吗?妈,到今天我心里还在内疚,我对不起您。但以后不会有第二次了。

　　母亲听着,脸色变得非常难看。母亲举起了手,手在颤抖,一直没有落下来。最后,母亲拉起儿子,从她鱼尾纹的眼角滑落了一滴泪。

等　待

　　村东有一棵椿树，树边有一条机耕路，弯弯曲曲地通向远方。远方的尽头在哪里，村里人都不知道。张婶说连接省城与北京，不过没人信。张婶唾沫四溅地解释，还是没人信。

　　张婶没去过省城和北京，仅在电视上见过。她家的电视是彩电，画面非常清晰。

　　椿树的绿叶在春天的和风下舞动。张婶站在树下，望着眼前通往远方的机耕路。

　　有路过的孩子过来拉张婶的衣角。不要天天来望，路上没有人影，孩子说。孩子的眼睛像水一样澄澈。张婶不语，手摸孩子的葫芦脑袋。

　　孩子跑走了，小小的身影在路面上移动。

　　为什么他不回来呢？他走了八年。他说他去省城，他说他去北京。他是张婶的男人。第一年，他给家里寄了两回钱，一回地址是省城，一回地址是北京。张婶用那两笔钱购买了一台高清的彩电。第二年，钱没回来，信没回来，人也没回来。以后，直到今天，他失踪了。没有比失踪更好的解释。有村人从朋友的朋友那儿得知，他没有失踪，是跟一位有钱的住别墅的富婆结了婚，有人暗示是情人。

　　张婶不信。无数次夜晚的眼泪告诉她，他不会抛弃张婶。张婶白脸长身，这地方没有女人能媲美她。当年求婚，他跪在张婶面前；洞房花烛夜，红蜡烛从傍晚一直亮到黎明，他拉着张婶的

手表白。

路面上依旧没有人影。张婶回家了,脸上又是失望。这八年,张婶三分之一的时间脸上写着失望。

春天过了,夏天过了,秋天来了。秋是金色的秋。到了深秋,椿树的叶子开始飘落,有一片沾在张婶的头上,有一片沾在张婶的肩梢。

路上有人影在走动,走过来了,又走过去了,是秋忙的人们。他的影子还是没有出现。

有人劝张婶到省城和北京去找他,眼睛望穿不值。他不是一根针,他是一个活人。

张婶三次出门寻找,但茫茫人海里寻找一个没有地址的人,太难。

秋尽了。冬来了。刮起了北风,呼呼作响;飘起了雪花,落满椿树的枝头。

张婶不喜欢路面的雪花。但次日早晨,路面上铺满了厚厚的雪。白雪映着张婶眼里清亮的泪。张婶清楚,他不会这个季节回家,他怕冬天。婚前他曾对张婶说过,说的时候正是冬天,怕冷的他全身瑟瑟发抖。

再一次,张婶把希望寄托在来年的春天。他爱春天。他是春天出生的。他们初次相恋时,映山红怒放在一片一片的山坡。那年,出门的他经过椿树,椿树的绿叶在清风中起舞。张婶走在机耕路上给他送行。他说,我明年春天一定回家,带回一大笔打工的钱。张婶说,你记着说的话。他点头。温暖的太阳挂在天上。他点头的影子印在路面上。

冬天过了,迎来了春天。张婶还是经常站在椿树下。她在盼望,她在等候。

又有孩子拉张婶的衣角,又有好心的村人劝慰张婶:男人要是想回家,早就回家了。

张婶不动,不语,眼光注视着机耕路的尽头。它连接省城。它连接北京。

张婶坚信男人会回来,不会骗她。村里张三出门十年,杳无音信,去年不是精神抖擞地回来了吗?还带回了大把的票子。张嫂想,男人也许做好了动身回家的准备,也许正走在回家的路上,也许来年春天就会回家。张婶相信自己的感觉。信心在,希望在。张婶等待的是希望,张婶打算一直等下去。

提　升

局里进行廉政检查,胖局长遇到了尴尬。胖局长的老婆把局食堂当成自家的冰箱,随时从食堂拎回喜欢的食品,大摇大摆,毫无顾忌。每次拎食品,局长老婆嫌鸡鸭鱼肉太腻味,总挑"有味"的食品,有时,特向食堂师傅指明自己想要的食品。

有人议论胖局长知情此事却故意纵容老婆。胖局长脸不发红,心不发跳,解释不知情此事。

胖局长说:我真有这么傻,还能当局长把局里工作搞得井井有条吗?

检查组的刘组长觉得不无道理,堂堂一个局长犯这种低级错误,有些说不过去。而胖局长的老婆明目张胆地犯这种低级错误,且长时间如此,胖局长熟视无睹似乎也说不过去。

这天,检查组就胖局长老婆拎菜回家一事展开讨论。胖局长使劲抽烟,面临尴尬的境地。官场滚爬多年,胖局长清楚这种场合解释这种事,只能是愈说愈被动,给自己脸上抹黑,狗屎不臭挑起来臭。

此时,胖局长希望有个人站出来帮他解围。胖局长偷偷把会场扫视一眼,见局里八个中层科长和两个副科长都在座,却没有人站出来替胖局长解围。胖局长吐出一大口烟,想到对他恭敬有加的那些科长们,平时马屁拍得满天飞舞,关键时刻却不放一个屁,一股凉意掠上了心头。

但突然,副科长小李站了起来,大声说:我管后勤工作,这件事是我一手安排的,局长并不知情。

所有人把眼光集中到小李身上。刘组长诧异地说:小李同志,这种事是开不得玩笑的。我想了解你为何要犯这种低级错误?做事都有目的的,你的目的又是什么呢?

小李说:我头脑简单,说话办事从不隐瞒自己的观点,我想局长为我们局的建设呕心沥血,局食堂送点菜补补局长身体不为过。我发现有人在窃笑,不要笑了,我说个大方向吧,我就是为了讨好局长。

此言一出,整个会场立马安静。

刘组长睁大眼睛说:小李同志,你要慎重考虑言辞,清楚言辞失误对自己产生的后果。

小李说:我对我的言辞负责,愿意接受批评和处理。

这天散会后,胖局长把小李叫到暗处说:小李,我知道你今天是替我圆场,我感谢你。

小李说:局长,关键时候不能站出来挺直腰板,就枉费了你平时对我的教诲。

胖局长拍了拍小李的肩,笑着走了。小李这次受到处理,停职反省一个月,以观后效。很快,局里都是有关小李的议论声,说小李年轻太傻,给自己的前途抹黑。同时,胖局长因小李的问题,在全局开展廉政建设的宣传活动上受到上级表彰。有人说小李马屁拍到了马蹄上,没吃到羊肉,倒惹了一身膻;也有人说,小李自己把自己的仕途玩完了,这次回家反省,就与这个局彻底"拜拜"了。岂知一个月后,小李照样来局里上班,一个星期后提升科长,贴在身上三年的那"副"字突然去掉了。

救助对象

外地来此打工的春花遭遇车祸,此时躺在病床上,眼瞅着窗外那一角天空犯愁。

预交的一万元药费用完,春花没有钱继续交药费。没有药费,标志着春花的治疗要停止。这不仅是这家医院的措施,多数医院都是如此。于是,春花找到她的主治医生,表明想出院的心思。主治医生说:你现在不能出院,你的左腿伤势严重,弄不好截肢也是有可能的。

"截肢"两个字吓得春花哭了起来。春花说:医生,我知道截肢对我意味着什么,但我没有钱继续治疗,我想开些消炎的药带回家,然后在家里听天由命。

主治医生说:你不用担心药费,类似你这种情况,药费多由肇事司机承担,或者由你工作的公司承担。我给院长打了招呼,

院长表态继续给你治疗。

但情况是，春花打工的公司，除了对春花赋予人道主义援助外，没有法律上的责任。春花这天厂休，是在街上闲逛时遭遇车祸的。交警对这起车祸的处理意见是，春花当时违犯了交通法规，闯了红灯。试想，春花如果文明出行，不闯红灯，就不会发生这起交通事故。

春花真的面临停药。但春花的主治医生是个好心人，他帮春花联系了这个城市的一位好心人士。此人名叫海涛，是一位有钱的民营企业老板，热衷做善事，乐于救济他人。

海涛先生来到医院，与春花进行了交谈。但交谈之后就打消了救助春花的想法。海涛先生认为，如果救助一位违反交通法规的人，等于变相鼓励别人去违反交通法规，他不想做这种傻事。然而走时，海涛先生还是给了春花一万五千元，完全出于同情和怜悯。因为三十九岁的春花，五年前与薄情的丈夫离婚，儿子跟春花一起生活，现在老家读书，由娘家的爹娘照顾。主治医生希望海涛先生给予春花更多的救助。海涛先生说：我希望春花因为这件事受到教育，过分帮助他，反而害了她。我想让她记着一等二看三通过，作为她出行的"护身符"。主治医生理解海涛先生的苦衷，唏嘘一番。春花向海涛先生表示了感谢。同时，她也对自己的行为向海涛先生做了解释，说当时她突然脑昏，不知道自己在做什么。至于平时，她非常遵守交通规则。但这没有感动海涛先生。春花听见，海涛先生离开时嘴里发出了一声叹息。

孝心晴雨表

在村里,小宽是出了名不孝敬父亲的,幸福村人提到小宽,都是摇头叹息。小宽母亲死得早,父亲如今住在原来的老宅子,一个人孤单地过日子。

小宽的爱人芝兰,跟小宽一样好不到哪去,印证了那句老话:不是一家人不进一家门。他们半斤八两,坐在同一个不孝的天平上。

这对夫妻除了万不得已或对自己有一定的好处,一般情况下不去父亲的住处。

小宽的妹妹反对哥嫂的做法,但反对只是风吹,哥嫂依旧我行我素。

父亲平常能见到前来看望他的人:一是有孝心的闺女,二是十岁的孙子。

但最近,小宽改变了对父亲的态度。这天,小宽跟爱人商量,以后对父亲不能这样冷漠,要尽一个儿子的孝心。小宽对爱人说:你不要愣着眼睛看我,我现在真是这么想的。我觉得,我们以往对父亲不孝,实在愧对了自己的良心。你想啊,我们的儿子现在已经十岁了,还有几年长成大人,如果我们不改变思想,将来他像我们对待父亲一样,那该如何是好?

芝兰听听屋外,刮着呼呼的夜风。芝兰说:你告诉我,外面在刮风吗?

小宽说:废话!这么大的风声听不见吗?

芝兰睁大眼睛瞅着小宽,惊讶地说:你没有昏头脑呀!说说,为什么突然改变思想？世上没有无缘无故地爱,凭我对你的理解,你是不可能随意改变主张的人。

小宽说:不要瞎想,我这回是真心要对父亲好一点,不然,担心以后遭到良心的惩罚。

以后,夫妻俩真对父亲孝顺有加,父亲乐得嘴巴合不拢,村人认为太阳真有从西边出来的时候,出嫁的妹妹更是对哥嫂刮目相看。

十岁儿子对小宽说:爸,你和妈对爷爷好,我以后就对你们好。

小宽摸儿子的头说:老爸就是给你做表率的。

接着,小宽把父亲接到家里,跟他一起生活。芝兰对此极不满意,认为讲孝心可以,接到家里就没必要。芝兰有她的理由,父亲年龄大了,在家里行动不便是个非常大的麻烦。芝兰说:其实,父亲照样住着原来的老房子,我们天天把饭菜给他送去,也是行孝。

这回,小宽发了芝兰的脾气。小宽吼道:这回不管你同意与否,父亲必须搬进我们家里,那三间原来的老宅,我另有用处。

但小宽的好心遭到父亲的反对。父亲说:我不会离开老宅,在这住了一辈子,习惯了。还有,我想什么时候吃,就什么时候吃,想吃干的就吃干的,想吃稀的就吃稀的,自己做主,跟你们住一起不能自作主张,我不会同意的。

面对父亲的固执,小宽无计可施。后来小宽又做了三次深入细致的工作,同样石落大海,不见一丝水花。这让小宽请父亲来家里居住的想法,彻底落空。

有一天,小宽对父亲说:爸,我的岳父今天来家里玩耍,你去陪一天。

父亲说:我不喝酒,不打牌,你找别人当陪客吧。

小宽说:爸,我岳父点名要您去,想跟你唠叨一些陈年往事。

父亲于是就去了。走时,篱笆院门上挂了锁。但很快,小宽撬开了大门上的锁,把三个年轻人引进了篱笆院落。三个年轻人在院落里支起了三脚架,是地质勘探用的那种测绘设备。同时,三个年轻人还用探地雷一样的设备,对院落和三间老宅这儿那儿进行了周密勘察和探索,并在本子上认真做了记录。

三个年轻人走时对小宽说:我们回去后,会对这些数据做分析和研究,确定之后,我们会及时通知你。

小宽连连点头,说了一箩筐感谢的话。

这天,小宽回家之后,对父亲格外孝顺。吃饭时,小宽给父亲夹了菜,句句不离"爸"字。这让父亲极不自在,把小宽瞅上瞅下,不相信这是真真实实的小宽。

傍晚,父亲回到老宅。回到老宅的父亲很快转来找小宽,说家里被盗了。

小宽说:家里有什么东西让人偷呀?撬了一把锁,明日我到集市上给你买一把新的。

这晚,父亲一夜没有睡着,他把撬锁与到小宽家里玩联系起来,觉得蹊跷。

随后,小宽天天给父亲送饭过去,父亲乐呵,村人羡慕。

可过了一个月,小宽又变成了以往的小宽,见到父亲不理不睬,更别说送饭了。

小宽的儿子奇怪地问小宽:爸,您怎么转变得这般快呀?

小宽吼儿子:闭住你的嘴巴,哪儿凉快到哪儿凉快去,多话!

父亲一下子失望极了。父亲以为自己做错了事惹小宽生气。

这天晚上,小宽在外面喝了酒,回家时走路趔趄。小宽已经七分醉意。小宽进屋后就骂道:村里刘四说话比狗屎还臭,说他爷爷告诉他,说我家老宅下面有一坛子现大洋,纯粹放屁,害老子倒贴了五百元钱!

保　国

　　保国一回到家里,就沮丧地坐到桌边抽烟。烟是普通的纸烟,保国抿紧嘴巴猛吸了一口,然后急急地吐出来。保国对爱人说:朝中有人好做官,俺亲戚朋友中没有一个做官有权的,自认倒霉!

　　这次,保国与村里的何六因为山场的事发生纠纷,保国明明站在有理的一方,村主任在处理时,故意偏袒何六,无非村主任与何六沾亲带故。

　　保国生气地说:心里淤着一团恶气,实在吞不下喉。

　　爱人说:何六背后有村主任撑腰,我们背后也有人撑腰,拔一根汗毛有村主任的膀子粗。

　　保国睁着一双好奇的眼睛瞅着爱人。爱人说:瞅什么瞅呀?你老同学不是在镇里当副镇长吗?你去找他,只要他一插手,你马上从失理的天平坐到有理的天平上。

　　保国连连摆手,一脸惨相地说:你不要乱想心思,我宁可认栽,也不会找他。

　　为什么?爱人几步走到保国面前质问。爱人说:结婚时,你不是对我吹嘘吗？说你跟老同学同窗八年，不分彼此，称兄道弟，是你人生最大一件幸事。再说我们找他，不是要他白的说出红的来，只要他实事求是有一是一，有二是二。

保国连连摆手说：算了算了，你不要为难我，这件事我不会就此认输的，我明天就到县里，现在全国讲法制，有理能够讲清楚的。

第二天，保国带爱人来了县里。保国满怀希望地走进那扇大门，但很快就从那扇大门失望地出来。原因是万丈高楼平地起，不能在空中建楼房，必须是镇里解决不了的问题再来这里解决。

这说法不无道理。保国只得回镇上。但镇上不能光听信保国的一面之词，要当事人何六到场，要处理者村主任到场。保国想，他们不到村里了解情况，在这儿三张嘴巴各说各的道理，我一张嘴巴如何敌过何六和村主任的两张嘴巴，最终结果照样是一个"输"字。保国一气之下出来了，还撤回了一支准备递出去的烟。

保国两腿乏力地走出镇大院。

爱人说：不要三心二意，我们现在去找你的老同学。

保国瞧了爱人一眼，没有说去也没有说不去，只顾朝前走，这个方向正是老同学居住的方向，也是回家的方向。

让爱人没有想到的是，保国视而不见地走过老同学门前，瞧都不瞧一眼。

爱人拉着保国说：你不去可以，你在前面等我，我进去说。

保国鼓出眼珠子，吼道：你敢！你要进去了，我这辈子不会原谅你！

保国拉起爱人就走，一口气走了一百多米。停下来时，保国一脚踢飞了脚边的一枚石子。

爱人说：有人打着灯笼找这种关系，你倒好，拼命地拒之门

外,为啥呀?

保国平静地说:俺们在路上不说,到家了我负责把原因说给你听。

可是回家后,保国坐在桌边抽闷烟,只字不提在路上的承诺。

爱人说:算了,我被你气饱了,中午都别吃饭了。

爱人要去床上休息。保国央求道:你要我说什么呀?我只能说他不当副镇长,跟我一样是个平头百姓,这样我不要你逼,早把心思告诉了他。

爱人说:他要真是个平头百姓,你告诉他有个屁用?

保国说:你不知道,我一见到他就有一种痛苦的感觉。你不要望着我冷笑,我真的是这种感觉。我感觉他像骑在我的头上,我当了他的陪衬。我感觉他变得越发高贵得意热情激昂,我变得越发可怜悲哀胆怯木讷。这些你是永远不会懂的!

爱人说:我明白了,你是嫉妒,由嫉妒变成了隐隐的恨意。

保国激动地说:你在瞎说,不是这样的。算了,跟你说不清楚了,我这次认栽,等下任村主任上台了我再理论这事,不愁说不清楚!

保国不理睬失望的爱人而气呼呼地出去了。生平第一次,保国被自己的感觉打败了。

王培杀牛

队里有头老牛不能耕田了,队长决定打死老牛,给社员们解解馋。那年代吃餐肉简直就是天堂般的日子。可队长就是筛选不出打死老牛的人。有人提醒队长:"找王培呀,这人实在,粗胳膊粗腿,一身蛮力气,你只要给他讲清了打死老牛的道理,他准会三下五除二地打死老牛。"

队长乐得拍大胯,怎么把为人实在的王培给忘了。队长找着王培时,高个儿的王培正挑着一担牛粪去田地。队长说:"王培,你歇着,我有事对你说。"王培就歇着听队长说事,听着听着睁大了眼眶子。听完了,王培说:"队长,那头老牛我曾喂养过,我下不得手啊。再说我才二十一岁,这种事应该年老人去做,我听人说'人老心狠,树老身空'。"队长翻着一对白眼吼道:"你小子少给我说屁话,什么'人老心狠'?人老觉悟高你不晓得说呀?听我的,你把老牛打死了,我给你加工分,年底给你评先进。"当然,队长清楚加工分和评先进并不能真正让王培心甘情愿地去打死老牛,必须在思想意识上夯动王培。队长开导王培说,老牛倒了牙齿吃不动草了,活着是造孽,死了还是它的幸福。队长说队里劳力紧,以后没有人喂养这头不能耕田的老牛。队长说你王培不能站在老牛的位置上,应该站在集体利益的高度和着想社员馋肉吃的实际问题。队长说我们把老牛卖掉也是被人打死,不如我们亲手打死它,然后把它的骨头埋到稻场下面。这些"道理"真的教育了王培。王培表态说:"我听队长安排,一定打死老牛。"队长就

拍王培的肩膀说:"实在人就是实在人,我没看走眼,到时候给你家多分一斤牛肉。"

但中午,王培匆匆忙忙地跑来找队长:"队长,我刚才到老牛面前瞅了瞅,它朝我高叫了一声。我担心到时候我一个人奈何不了老牛。"队长僵着脸孔说:"你不用操心这件事,我自有安排,到时候,你只照准老牛的头心猛打就是。"王培说:"我用什么打呢?我询问了别人,一头牛很不容易被打死。"队长说:"我把工具准备好了,让你很快解决战斗。"王培问:"什么工具?我怕打的时间长,我的心软下来。"队长说:"用八磅的铁锤,只要打准了,最多三下就让老牛毙命。记着,下午二时开始打老牛。"

但王培回家后感觉心在激烈地跳动,脸色也不好看。母亲问:"王培,你遇着啥事了?"王培把队长安排他打死老牛的事说了。母亲赶紧阻止:"儿子,你不能干这种傻事,牛对我们有恩,是我们的恩人,我们就是吃牛的一碗饭,怎么能狠心打死牛呢?队长要打死老牛是队长的事,他另找别人。"王培说:"妈,现在没用了,我都答应队长了。"母亲生气地说:"你现在就去找队长反悔,不然老娘用竹竿打断你的腿!"王培只好来找队长。队长却吼道:"王培,你小子要是反悔这事,我就割掉你的卵子喂狗!都说你是个实在人,你却胆敢出尔反尔拿我当球耍!"这句话镇住了王培,他嘴巴张张不说话,两条长腿瑟瑟发抖,回家后向母亲隐瞒了实情。

队长把打死老牛的地点选在生产队仓库的背后。王培来时,老牛已经被三个年轻力壮的小伙子拴在一棵粗大的椿树上。粗麻绳吊起了老牛的鼻子,让老牛的两只前腿悬在空中。队长把八磅锤交给王培说:"王培,抓紧动手,要用蛮力!"队长又嘱咐其他三个小伙子:"你们不要溜了,要站在这儿助阵,防止老牛最后挣扎时伤了王培。"队长吩咐完就溜到附近一个避嫌处偷看。只见王培朝手心里吐了一口唾沫,然后抡起了八磅铁锤。一下,二下,三下,沉闷的声音响在迅雷不及掩耳的击打中,而迟钝的老牛的反抗,仅仅只是后腿动了几下就瘫软在石板地上,同时,从老牛头顶喷出来的一股血洒了王培一脸,一身,队长看不下去就把头扭转一边。老牛从喉咙里发出两声可怕的哼哼,便彻底断了气。

分牛肉时,王培家真的多分了一斤牛肉。队长把牛肉给了王培的母亲。队长说:"这是你家王培打死老牛的报酬。"母亲一听晕倒地上,一只饿狗跑过来叼走了牛肉。王培慌忙扶起母亲,然后去追那只叼走牛肉的黑狗,黑狗却跑得无影无踪。

一对男女

女人在过候车室大门时急促地说:你快点走,车要开了。

男人紧跟女人身后说:放心,我们两个没上车,车不会开的。

这对男女匆匆忙忙过了候车室大门,来到那辆红色的长途班车的车门口。车门是开着的。女人抱着一个周岁左右的孩子,她在前面上车,男的紧跟在女的身后,在女人上车时可以说是在后面推着女人上车,也可以说是搀扶着女人上车。司机说:抱着孩子要慢一点。司机的担心是多余的,这一男一女马上安全顺利地上了车。出于爱护孩子的考虑,司机向坐在驾驶台后面的两个人做工作,能否将座位让给这刚上车的一男一女坐。那两个人出于道义和同情同意了。

抱孩子的女人坐在靠窗处,男人坐在靠中间走道处。班车发动,出站不一会儿就进入高速公路。

这一男一女上车后,吸引了车上所有人好奇的、惊愕的目光。说这对男女不是夫妻是没有道理的,他们亲昵的举动与说话的随意跟普通夫妻没有两样。看看,男人在女人坐好后就将自己肥胖的嘴巴递了上去,令人稍有遗憾的是没有落在女人清嫩的脸上,是落在女人怀里的孩子稚嫩的小脸上。男人个头比较高,垂头去亲孩子的脸时,男人的手亲切的温柔的撑在女人柔软的大腿之上。女人没有因这个细节导致不舒服而埋怨男人,女人幸福惬意的微笑。

女人说:慢点,注意别弄哭了孩子。

男人说:天天亲,我有经验。

如果说你认为这一男一女不是夫妻,你就有睁大眼睛说瞎话的嫌疑了。但是,你一味坚持认为这一男一女是一对夫妻,你同样有睁大眼睛说瞎话的嫌疑。原因太简单太一目了然,因为男人少说比女人大二十五岁,甚至有人喁喁私语说男的要大女的三十岁,总之这个世上少有年轻的女人嫁给一个大自己二十五岁的,能当自己父亲的老男人。虽然社会上这种现象不是没有,但问题在于这个男人看上去是一副猥琐的模样,不是那种大富大贵的有钱人。是故意装贫而不露富吗?不是的。因为真是这种情况的话,起码坐一辆普通的小轿车而不是坐这种时而发生颠簸的普通客车。

请看这对"夫妻"的悬殊吧。女人一头乌黑发亮的瀑布般的披肩长发,面目清秀,五官精致,由露在外面的脸上与手上的皮肤发现,女人肌肤雪白,似乎轻轻一拧就有迷人的红晕泛出,苗条的身材能与那些注重减肥的明星的身材一样,成为吸引男人的魔鬼身材了。而男人就是一个典型的水桶腰,这个水桶不是常用的一般水桶,是那种两手合围不拢的粗大水桶。男人的啤酒肚让束腰的皮带完全靠两个髋骨支撑,肥粗的裤子遮蔽下体。他的肚子实在太大了,好像怀着五个月身孕的孕妇一般。男人的头发虽然染过,但从头发的发根处发现至少有一半头发都白了。男人说话或皱眉时,脸上的皱纹就像数条蚯蚓在一上一下,一左一右的蠕动。不过还好,男人穿的皮鞋倒是相当锃亮,头发上抹的头油,身上的新衣服,左手无名指上戴的一个黄金戒指,给男人在旅客心中加了一定的印象分。

这时男人说:你歇一会,让我抱一下孩子。

女人说:你早该这样说的。

男人伸手到女人怀里抱过孩子。男人在抱孩子的时候一只手碰着女人丰满的乳房。女人望着男人微笑一下,男人也回给女人一个微笑。

男人说:削一个苹果吃。

女人说:你吃还是我吃?

男人说:当然是你吃。我的牙齿对清香的苹果过敏。

这种说法倒让坐在男人与女人后背的人吃了一惊。

女人刨好苹果的皮咬了一口在嘴里嚼着。接着女人将苹果送到男人嘴边说:随便咬一口,这个苹果脆。

男人就小小的浅浅的咬了一口在嘴里似嚼未咬。

红色班车跑到了九十码。孩子陡然哭了一声。女人从男人手上接过孩子,将奶头塞进孩子的嘴里。男人望着孩子的小嘴一紧一松地吸女人的乳汁。一会儿,让孩子含着奶头的女人合上眼睛睡着了。男人给女人盖上一块黄色的毛毯。过一会儿,男人将头靠在女人的肩头上也睡着了。窗外的景物在车窗上一闪而过。

三个小时后客车停在终点站。下车后,女人抱着孩子走在男人的前面。

突然男人对女人说:再见。有事给我打电话。

难道男人与女人不是夫妻吗?在场的所有人睁大了愕然的眼睛。

硬实力与软实力

老旺坐在沙发上无精打采,说是在看电视,心思却完全不在电视上。老旺不光无精打采,还心如刀割。刀是一把锋利的刀,在割老旺的手、腿和心脏。老旺闷在心里有一句话没有说出来,如果对方的刀下狠一点,下深一点,老旺就想离开这个世界。其实老旺到了那个地步离不离开,不是老旺说了算,取决于那把刀刺的深与浅。

老旺看一会儿电视就瞧手机。从早晨起床,老旺就将手机拿在手上。手机上有老旺弟弟的电话号码。老旺只有两兄弟。老旺一辈子就做了一些小生意,勉强糊嘴,而弟弟比老旺有出息,大学毕业后进入了行政单位,现在是本县晚报(一种内刊形式的晚报)的副主编。老旺听弟弟说过,这个职位没有多大的实权,但有些人就是不敢小瞧这个职位。老旺那天听弟弟说他的工作是软实力,有时候可以让硬实力者望而生畏。老旺不懂软实力是什么意思,更不知道硬实力是什么意思,老旺就坚持一个想法:好歹弟弟在县里可以说得上一些话。有一天喝酒,弟弟在酒席上给老旺表态,说以后老旺遇到了自己解决不了的困难事,让弟弟给解决。

老妻从厨房出来,对老旺说:不要这个样子。都三天了,弟弟该回来就回来了,不能回来说明有事没有办完。

老旺说:我心烦。你说地方政府是不是偏了心?量我们家没人在政府做事是不是?

老妻说:又来了。把手机放到桌上,看电视就好好看电视,不要沮丧一张脸。

老旺说:手机拿在手上有用,防止漏掉弟弟给我打来电话。我问你,弟弟的电话为什么到了外地之后就停机了呢?

老妻说:笨。去了外地就是长途,肯定换了号码。把手机放到桌上,拿在手上累。电话来了手机会响,你设置的不是铃声吗?

老旺说:弟弟是临时出差,走的那天电话里告诉我最多一个月。

老妻说:一个月够长了。再说弟弟回来了又怎样?能翻过来吗?

老旺说:我见识少,闹不过人家,但弟弟肚子里有墨水,他准行。

老旺瞧着老妻拎着菜篓子出去了。老旺发出一声叹息。三天前,老旺遇到了一件麻烦事,他在屋后盖两间小房子,地基下好了,城管突然开来了推土机给推平了。老旺跟城管讲理讲不通,说得唾沫四溅不起作用。城管来了十个人,老旺就一个人,儿子在外地,口笨的老妻虽在现场却说不出一句话。老旺情急之下向城管负责人说出弟弟的名字,用意显而易见。负责人认得老旺的弟弟,一起吃过饭,但认得就是认得,老旺没有得到自己希望得到的效果。城管负责人告诉老旺,这次就是看在老旺弟弟的份

上，不然开来的就不是推土机而是挖土机———挖到底，彻底断掉老旺的念头。言外之意是暂时填平，以后还有重新修建的机会。

老妻购菜回来进屋时，老旺正在拨电话。老妻说：拨哪个的？老旺说：还有哪个？弟弟的。老妻说：不是换了号码吗？老旺说：再试试。老旺连拨了三次，都是无法接通。老妻说：心静自然凉。暂时撂下那件事，等弟弟回来了再说，牛吃不掉太阳。

老旺起身出去了。没有正经的事要办，老旺就瞎转，从家门前的大道上一直朝前走，走到河边坐在一块石头上，瞧着流动的河水。老旺不说话，就那样瞧。射在水里的太阳光线，随着水的流动而破碎了。老旺坐了一会又起身回家，手机一直拿在手上。打不通弟弟的手机，但老旺手机是通的，不等于弟弟不打老旺的手机。

老旺瞧了一眼手上的手机。这一瞧，手机竟然响铃了。老旺细瞅号码，是一个陌生的号码。老旺一接，脸色欣喜，眼睛陡然一亮，走动的脚步马上停止，原来是弟弟打来的，果真在外地临时换了一个号码。老旺不要弟弟说话，几乎一口气把家里遇到的麻烦事说给了弟弟听。突然手机清静下来了。老旺说：弟弟，你在听吗？弟弟说：我听清了。你先安心做别的事，我三天后回来，到时候我来处理。老旺说：还要三天呀？弟弟说：三天已经比计划回来的时间提前了五天。

老旺几乎是小跑着回到家的。进门老旺就告诉了老妻这个消息。接下来的三天里，老旺精神好多了，能吃能喝能睡，睡觉时老旺总要说一句话：不要以为政府里我家没有人，咱也有。老妻说：晚报不是政府。老旺说：知道硬实力与软实力吗？老妻哑然。

三天后，回来的弟弟来到老旺家。老旺要引弟弟到现场瞧。

弟弟说：哥，不瞧了，我了解过了，填平就填平吧。个人就是个人，大不过政策。

老旺睁大眼睛瞧着弟弟。老旺质问：晚报不是政府呀？

弟弟说：晚报属于政府管。哥，给你说得再多你也不懂。

老旺急道：可那填的不是土，是三万块钱。

弟弟说：我认，明天给你送钱来，哪天可以重见天日了，你把钱再归还我。

老旺瞧着弟弟出门，失望地仰到沙发上，不停地唠叨着软实力与硬实力。

照镜子

华有一面漂亮的小镜子，天天带在身上，没事的时候就照几下。华对自己的容貌非常自信，自己给自己打分比电影演员差那么一点点。一点点究竟是多少？有人故意问华。华哪里说得上来！于是用自信的微笑搪塞问话者。华说美丽这个东西只能意会不能言传，心里可能感觉到，嘴上说不出来。华的话让问话者不舒服，问话者要华以后不要说一点点，难听，就说自己非常非常美，是一个难得一见的美女就好了。

客观地说，华年轻的时候确实长得不错，但岁月蹉跎，人间沧桑，过去与现在是两个概念。过去的华处于豆蔻年华，从脚板到头顶都写着美丽两个字，全身散发出一股令人心醉的青春气息。然而过去与现在相隔了三十年。当年的华二十岁，现在的华

五十岁。不过三十年里华天天照镜子,华根本看不出自己比过去老了很多。华承认现在比过去老了一些,但差别不大几乎不仔细瞅就发现不了。

丈夫反对华热衷于照镜子。丈夫说人的长相,从娘肚子落地的那一刻就注定了,是丑就是丑,是漂亮就是漂亮,不是镜子照出来的。

华生气地说:我坚信我的美丽是镜子照出来的。每天照我才有自信,有了自信我才变得美丽。男人不照镜子因为是男人;女人爱照镜子因为是女人。再说我照镜子碍你什么事?

丈夫也生了气,轻蔑地说:瞧瞧就近住的张三李四王二麻子等女人,从来不照镜子,也没见她们脸上有黑点,也没见她们比你老到哪去了?

华就说丈夫是情人眼里出西施。丈夫噎住,半晌后说:在家里照镜子就算了,还在大众场合下照,什么意思呀?招蜂引蝶吗?

华恼怒地说:懒得跟你说下去,下辈子让你变个女人就知道了为什么照镜子。

丈夫说:再怎么照,黄瓜老了就是老了。

华翻一眼丈夫,出去了。但此后,华依旧天天身上带着小镜子,没事的时候就拿出来照一下自己值得肯定的自信的容颜。让丈夫去羡慕嫉妒吧!华这样想。

这天五十岁的华见到邻居二十一岁的琼放了暑假,从大学里回来了。华把琼喊到家里,给琼切西瓜拿饮料。华认真地瞧着琼吃西瓜和喝饮料的样子,不由得微笑起来。琼费解地问华微笑什么,是不是琼吃瓜的样子好笑?华摇头说:不是的,你长了一张天生的美人脸蛋。琼说:大学里真有人这样夸过我。但我对自己没信心,认为长得不好看,不漂亮。

华从身上拿出一面小镜子给琼。琼用镜子照自己的时候,华故意把头靠在琼的耳边,幸福自信的微笑着。

琼惊讶地说:阿姨,你微笑的样子好美丽啊。还有,你的皮肤有我的皮肤一样白,怎么看都不像五十岁的女人。

华说:琼你实话实说,我现在是不是老了?

琼说:我看不出来。阿姨太会保养了。

华说:我感觉多少还是有区别的。

华进卧室拿出一张年轻时的黑白照,让琼由此照片判断华究竟变化了多少?

琼瞧着说:这张照片是黑白照,没有彩照清晰,但我能看清没老什么。

华说:不会恭维我吧?

琼说:不是。比如阿姨的皮肤,比我的皮肤还要细腻和白皙。

这让华在琼走了之后好一会儿,还沉浸在美丽引起的幸福中。晚上,华在床上将琼说的话,给丈夫进行了一遍复述。丈夫转过脸,不屑一顾地说:叫个瞎子摸一下也不是这个结论,哼!

华说:又在嫉妒我美丽是不是?有人说你六十岁了,你说你为什么这样苍老呢?

丈夫说:我已经七十了!

华说:不信是不是?好,我让你照镜子自个瞅。

华把平时照的镜子给丈夫,丈夫拿了镜子就甩在卧室地板上,哗啦一声碎了。

华大声质问丈夫什么意思。丈夫吼华:闭嘴,明天去美容院询问一下美容师,看你是老还是嫩?人等同于植物,季节到了自然变老,哪有照镜子照出年轻来?

华第二天真来到一家美容院。当得知结果时华彻底崩溃了。

美容师赤裸裸地告诉华，现在的样子就是一个普通五十岁女人的样子，唯一区别是华平时保养好一点，皮肤细腻一点而已，内行人一眼瞧见。

惆　怅

　　他在闲着的时候都是站在窗前眺望。这是一扇十五层楼的窗户。他每次眺望的时候总是将窗户打开。风从开着的窗户里吹进来，抖动起他的微微发白的头发。他喜欢头发的这种抖动，不重不轻，袅袅地随风轻扬，有助于他思绪的启发。

　　他不告诉任何人他这样眺望的原因。他搪塞了妻子的好心追问，也搪塞了儿子的善意问候。他说他一个人站在窗前眺望感觉很好，多一个人站在他的身边他会觉得非常不舒服。

　　他喜欢妻子与儿子不理睬他的举动。不需要他人的理解，他认为自己能够理解自己就够了。他不喜欢妻子和儿子知道他心中的秘密。没有秘密他不会这样痴情地眺望，一定有的。

　　窗户朝北。好在不是冬天，是金色的秋天。金色的秋天没有寒冷的冬天那样呼啸的北风。然而他在这样的秋天依旧感觉到从窗外刮进来的风凉爽得有些过头了，他有时能感觉到一丝的凉意。房子南面也有两扇同样大的窗户，他从来不去前面的窗前眺望。

　　这天窗外飘起了零星的雨丝。他在妻子进来的时候向妻子解释，雨丝飘进来一些有利于改变房间的干燥空气。他从妻子的浅笑中知道妻子在讥笑他的虚伪。

他说：不是这个意思，你不要瞎想。瞎想就不好了。

说过之后他觉得自己给自己来了一个"此地无银三百两"。妻子把他拉到一边，站在窗前仔细地打量窗外，除了看见窗外远处的高高矮矮的楼房和笔直的大马路以外，再就是渺小的走动的人影。

妻子说：司空见惯的有什么好眺望呢？

他生气地说：你出去吧。我眺望懒了自然就不眺望了。

妻子说：你不会住上高楼以后患了窗户眺望的毛病了吧？

他听不得"毛病"这两个字。他在妻子落音的时候感觉胃极不舒服。妻子瞧了一眼他的脸色就离开了窗户。他听见妻子走到门口提醒他外面在下雨哩。他斜了一眼。他认得窗外飘飘洒洒的秋天的雨丝。他认为妻子只认得笔直的宽大马路，只认得高高矮矮的楼房。他反感妻子忽略了一个重要的细节。他姑且把那个地方称为一个细节，就是那条笔直马路朝前延伸五公里的地方——火车站。

有时候他把自己的窗前眺望，当成默默地等候火车从遥远的地方开来。他现在多么盼望火车进站时冒出来的白烟。然而已经有八年了，他没有见到火车进站时冒出来的白烟。他只闻见了跟过去一样激昂而悠远的鸣笛声。社会发展太快了。但对他来说有了这鸣笛声已经够了。悠远的鸣笛声让他想起他过去的岁月。他知道他的过去在妻子看来谈不上辉映，谈不上灿烂，只能算是一团稀泥。可他不在乎别人对他的评价，他只在乎自己的感受。什么可以让他产生激情的感觉？这是他这些年的秘密，他不愿意告诉包括亲人在内的任何人。

他的观点是每个人都有自己的秘密。有人有多个内心的秘

密,他的内心只有一个秘密,就是闻听火车进站时发出的清晰的鸣笛声。

下了一个星期的绵绵的秋雨。这天他感冒了,他躺在床上的时候还在咳嗽。妻子给他拿回了感冒药。他喝药的时候妻子埋怨他:是不是在窗前把自己眺望出病来了?老了在家里好好地安享晚年,如何迷恋起了窗前眺望?因为你的事我问过医生,没有医生可以说出你的病症来。只有一位女医生说你的病是怪病,属于老年思维综合征。

他吼道:不要说。你不懂。

他险些由于语气过重导致刚喝下的药呕吐出来。他在咳嗽的时候老脸憋得发红。他不要妻子拍他的后背。他说:我想一个人静静地躺一会儿。

他在妻子出去时呼出一口气。这个时候他闻见了火车的鸣笛声。

他自语:好啊,火车进站了。

他马上下床来到窗前眺望。秋天的雨丝还在飘飘洒洒。他眺望着火车站那个方向,他能模糊地瞅见火车站那个白色的作为标志的尖顶。突然,他情不自禁地喊出了两个字——兰芳。他喊过后赶紧瞧了一眼房门,妻子并没有进来。

兰芳是他的初恋,有一天坐火车回来时不幸在火车站被轧死了,才二十岁的桃李年华。

突然病了

  伍得出门时脸上生出了微笑。伍得笑的时候不像笑,伍得的微笑是自然生成了,由心情的变化而变化。伍得抬头瞧了一眼天空,初夏的天空不见一朵云彩,凉爽的南风更让伍得的心情爽快。

  伍得是去看望一位朋友。朋友住在一个乡镇上,伍得必须坐班车才能到朋友的家里。

  伍得来到公路边时就看见了一辆去朋友乡镇的班车。班车在伍得的招手之下停在伍得身边,伍得上了车,坐在靠窗的一个空位上。

  伍得眼瞧窗外的景物心思却在想朋友。伍得是搞业余文学创作的,这些年出版了四本在家乡产生一定影响的小说集。伍得一位当中学老师的朋友也在搞业余文学创作,听说朋友这些年也创作出了两部长篇小说,一部是借古讽今的历史题材,另一部是针砭时弊的现实题材。伍得多次听家乡的人对朋友的沸沸扬扬的赞声。伍得在高兴的同时也羡慕朋友。

  伍得走上三楼进了朋友的家,伍得感觉到朋友握着他的双手非常温暖和友善。伍得在微笑,伍得的朋友微笑更加亲切。

  朋友激动地说:十五年没见,你没变,还是十五年前的样子,皱纹都没滋生新的。我老了,跟当年你见的时候判若两人。

  伍得瞧朋友的头发、脸和手,头发有一半泛白了,脸上皱纹也爬满了半张脸,手上面有零星的老年斑。

伍得说：是有变化，但不是你说的那样厉害。

二人松开了手去窗边的桌边坐下，是相对而坐，这样便于彼此交谈时可以清晰地瞧见对方的表情。伍得免不了与朋友说了一番恭维话。接着，伍得拉开随身带来的黑皮包的拉链，拿出了他的四本小说集呈给朋友。伍得说：指正一下。朋友说：不敢。学习一下。

伍得发现朋友将书拿在手上，没有马上翻开看书里的内容，而是仔细地瞅书的前后封面，四本书都瞅过了。伍得同时发现朋友瞅完书以后，有四十秒的时间脸色凝重，面部好似僵硬了一般。

伍得说：有问题吗？

朋友说：嗯，真的是正规出版社出版的，恭喜！

伍得脸上掠过一丝惊讶。伍得明白了，朋友以前是坚信伍得的四本小说集没有达到发表的水平，一定是伍得掏钱自费出版的。

伍得说：自费出版的书我从来不搞。

朋友的脸唰地通红，说：是的，是的，自费出版书划不来。

伍得说：你瞧一篇小说，指正一下我的文字风格，我总觉得不是太好。

朋友说：不，学习学习。朋友就认真地"学习"一本书上的第一篇小说。

没事的伍得这个时候瞧窗外，窗外有一棵粗大的柳树，树冠超过了这个三楼的窗户。习习的南风透过眼前的纱窗漫进来，伍得非常的惬意和自信。但三分钟过后，伍得回头瞧见朋友的脸色由开始的微笑，变成了现在的一脸固执。

伍得说：写得不好吗？

朋友说：我的头有些晕了。

伍得说:刚才还好好的怎么会这样呢?

朋友合上书页,谨慎地放到桌面上,说:一定是昨天随那些人坐车去市委谈工资的事,累着了。我现在不如往年了,一累就不行,就头晕。

伍得说:知道是这种情况,我今天实在不敢来打扰你了。

朋友赶紧解释:不,昨晚跟你打电话的时候我非常精神。嗯,我这是个毛病。

伍得尴尬地说:这样吧,你去床上休息一会,我坐在桌边看看书就行了。

朋友就起身给伍得一个莫名的微笑,伍得猜测不出这微笑的含义是什么。伍得目送着朋友去了朋友的卧室,又见朋友关严了卧室的门。

伍得将他的四本小说集收进他的黑皮包。伍得在朋友的客厅里走动时看见女主人回来了,她在伍得来的时候与伍得打过招呼,是去菜场买了菜回来的。

伍得说:嫂子,不用麻烦了,大哥不舒服,我还是走,下次再来玩。

女主人说:怎么会这样?就进了卧室瞧朋友,但很快出来了,对伍得说:他躺一会就起来的,你坐,我现在就烧午饭。伍得瞧见女主人匆忙地进了厨房。

然而吃午饭的时候朋友还是不起床,还是说头重脚轻不舒服。伍得进卧室跟朋友说了话,面对朋友的抱歉,伍得反而不好意思了。好在女主人是一个能干的主妇,她在午饭的时候陪伍得喝酒,一人喝了一瓶啤酒。喝酒中伍得向女主人打听朋友出书的情况。

女主人说:不说这事,我们喝酒。我只能说我家现在的困难,与他出书有关系。

难道朋友是自费出书吗？伍得险些问了出来，但伍得咽了回去。如果朋友是自费出书，伍得心里就清楚朋友为什么突然间躺到了床上。带着这个疑问，伍得饭后告辞了。经过门房时，有意向门房值勤的人员打听了一下，朋友果然是自费出的书。

笨与傻

小东端起他的不锈钢茶杯，从桌边站了起来。小东已经养成了习惯，早餐之后一定要出门找人聊两个小时。聊什么都行，天南地北地想到什么就聊什么。小东的名字叫小东，小东的年龄却有六十三岁了。小东过去当过兵，这个特殊的原因使得政府现在给了小东一定的生活费，小东晚年生活有了实质性的保障。小东现在无忧无虑，脸上写着幸福两个大字。

老妻在收拾桌上的早餐碗筷。老妻说：小东今天你就不要出门了，他小姨今天要来家里吃午饭，我有一些事要跟你商量。天天找那些人说那些话也没有意思。

小东说：才吃了早饭，午饭早着，等我聊完了天回来再说也不迟。

小东用微笑掩盖老妻的不乐意。在老妻的敲碗声中小东出了门。小东径直地走向村庄中间那三间老掉牙的房前。这是村庄过去的老仓库，距今天有近四十年的风雨剥蚀，墙壁上有多处水浸要穿的痕迹，屋上陈旧的黑瓦有百分之二十没了。但一个月前小东与几位聊天者，商量后告别了原来的聊天场所，有意地选择这里。小东与几位同年龄的聊天者都认为,在这里一坐下来就有了聊天的话题,过去一幕幕伤心的、好笑的、有意思无意思的往事,不由自主地来到眼前开始晃悠了。这种晃悠是一把钥匙,打开了他们聊天的话匣子。

小东是第一个来的。小东在自己每天坐的位置上坐下了。这个位置是一棵一尺粗的椿树下面。小东就背靠树身坐着,聊天的时候小东觉得很舒服,起码聊天后回去小东的腰不痛。小东喝了一口茶水,就瞧头上的绿色的树叶。春天的阳光透过树叶洒落在小东的周围。树叶动的时候,小东见地上的阳光碎影也在动。

过了一会,小东看见几位聊天者都朝他走来了,是张三、李四、刘六和王二麻子四位。缺了小黑没来,小东在想小黑为什么今日不来呢。其实这些人不叫这些个名字,是他们彼此故意这样起的,当然你也可以把它们看成是一个个绰号。创意是小东想到的,这样彼此称呼起来就显得年轻嘛,也算是一种与时俱进。

小东在大家坐定之后就问:小黑怎么没来呢? 张三提示小黑的老婆不要小黑来,说聊天不能把肚子聊饱,一日三餐还得用大米饭来填。

小东说:胡扯。这个社会哪个饿着了? 就是你想饿着,英明的政府也不允许。

小东接过李四甩给他的一支廉价的纸烟。李四不是给了小东一人,众人都给了。小东说:李四,你一来就给众人散烟,今天你先聊,我们当听客。

李四说:不。今天还是你和小东聊,我们当听客,接着昨天聊。对,我问一下,小东昨天聊到哪儿了?

王二麻子提醒:小东昨天聊到了他 20 世纪 70 年代初当兵时的事。

小东说:好。我就聊。但我今天聊完当兵的事明天就轮到你们哪一个聊了。

小东接下来聊了他当兵时发生的三件事。第一件事是小东刚进部队时没日没夜地修建军事工程,搞国防建设。那时小东有力气,每天一个人干了两个人的事。排长要小东不要没命地干,生命毕竟放在第一位的。小东当着众人拍胸脯,并在众人面前表现得健步如飞。但中途休息时,小东到没人的地方累得四肢朝天地躺着,不断地喘着粗气;小东说的第二件事是进部队的第二年冬天,小东感冒了,坚持不吃药不打针,晚上瞅战士们睡熟后,溜出去给炊事班挑了满满两水缸的吃水,然后再偷偷地溜回来,不过刚躺进被窝里就发起了高烧;小东说的第三件事是部队发展小东入党。组织上认为小东能吃苦耐劳,是不可多得的党员发展对象。这天组织上要小东谈一谈思想体会,一名优秀党员不仅会干,还要会说。但小东由这件事发起了牢骚,说他只会干活不说废话。小东哪里知道"废话"两个字让组织上对小东产生了疑虑,于是小东在一年后的秋天大地枯黄时,退伍回到了农村老家。

小东说:我说完了。

刘六说:你没说完。你漏掉了一个情节,就是你是如何荣立三等功的?

小东说:那个就不说了,不足挂齿。

王二麻子说:我觉得你没有认真地认识自己。还有,小东你没有好好地把握自己,如果当年让我们几位给你参谋参谋,你小东今天一定当了英雄,一定是令人刮目相看的角色。

小东说:你的意思是说我当时有些傻对不对?

张三说:不能说傻,只能说笨。笨与傻还是有一定区别的。

这时小东的老妻站在门前喊小东回去,说小姨子已经坐在了家里。小东在回家路上就是不服气众人说他笨,说他傻。小东自语道:我傻我笨,我今天却有比你们多得多的养老生活费。明天,听你们说出来的故事是不是跟我一样笨与傻?

成功经验

车队领导站在车队办公室的门口大声地对司机小张说,小张你来办公室一下,我有事找你。小张没有马上移动两脚,也没有赶紧回答说马上到。小张偏着头瞧着领导说完话进了办公室。小张的眼光是斜视与不屑一顾的。小张僵着面孔自语,有什么事直接说嘛,干吗把我喊进办公室呢?小张把领导对这件事的处理方式说成是脱了裤子放屁,多此一举。

小张抽一支烟叼在嘴上抽着走进了二楼的车队办公室。小张一进门就问坐在办公室边写字的领导,招我进来有事吗?小张瞧他一眼,马上改口说,领导叫我来有何指示吗?小张故意装出说话客气,以示对领导的尊重,但内心里小张发出了一声轻蔑的"哼"。

领导说:坐下,我有话说。小张依旧站着:说吧,聆听指示后我还有事忙着。

领导说站客难打发。领导又说办公室的椅子上没有长刺。领导收声的时候将自己的烟甩给小张一支。小张接的动作非常敏捷,小张在那支烟刚要触到他的胸襟时就接在了手上。小张瞧一眼烟的牌子属于高档烟的范畴,就顺势坐到了一张椅子上。

领导说小张的老婆一个小时前来过这里，向领导反映了小张回来两天了没有回到家里的事。现在小张的老婆不在办公室里，领导追问小张是不是小张老婆说的这种情况，领导说有就是有，没有就是没有，要说实话。

小张在领导问及这个问题时惊慌了一下，但马上归于了平静。小张起身给了领导一支烟。领导说我在抽。小张说换一种口味。领导说不要以烟分散了我们说话的主题，我还等着给你老婆回话哩。

小张说是有两天没有回家了，因为出差了。出差的事领导是知道的。

领导说，胡说。出差的事不假，但你前天就回来了。这个情况我非常清楚。

小张微笑一下说，有一个特殊的情况。领导对这个特殊情况非常感兴趣。领导要小张把特殊情况说清楚，具体的细节是第一要素。领导说，你的微笑已经在向我做汇报了。

小张说，没经过领导的批准，我不能向你做具体的汇报。

小张说的领导能管眼前这位车队的领导。此领导不是彼领导。小张的工作就是每天给这位管车队领导的领导开专用小车，接送领导上班下班，天南海北地出差，小张由此见到了太多的名胜古迹，去过了北京和上海，几乎走遍了全国各地。

小张发现他的话让车队领导的脸上掠过一丝阴影，但马上车队领导由不快转为随和。小张心知肚明，车队领导的脑子里经过了一番较量。车队领导说，算了算了，我不问了。只是希望你现在回家给你老婆一个满意的解释，不要她过一会儿又来找我。

小张甩给车队领导一支烟，说了一声谢谢就出来了。小张下楼的时候听见领导在骂人，小张没听清前面的几句话，倒是听清楚了"作为市委车队之长好歹也是一个处级领导"的这句话,但小张没有心思去细致的体会这句话的内涵。小张现在只想回家批评老婆的无知,有什么事不能等小张回家后心平气和地说,何至于跑到车队去惊动了领导。

小张进屋的时候是翻着眼睛瞅老婆的。老婆的气焰一下子没了。老婆害怕了小张的质问,解释不放心小张,担心小张有什么意外的事。自己的老公哪有不担心的!

小张说,我只能告诉你一句实话,我通过给领导开小车学会了能说的话就说,不能说的话就自觉地闭上嘴巴。不说话没有人说你是一个哑巴。

老婆说,你不回家,我晚上睡在床上一个劲地担心你。我在想,领导也是人,晚上应该睡觉吧?不是外星人二十四小时可以睁着眼睛。

小张又翻了老婆一眼。小张的这一眼让老婆彻底闭了嘴巴。小张向老婆提了一个问题,说自己给领导开车五年了,为什么领导一直没提出来将小张换掉?老婆摇头说,这件事情她从来没有认真地考虑过,她天天考虑的是小张下班后早点回家。

小张说,你觉得我们家生活幸福吗?

老婆说,从钱的方面来说是幸福的,但从你经常晚上不回家让我担心的角度讲,幸福要打一定的折扣。小张说跟对了人就是钱,钱决定了一个人的幸福指数。

小张从家里再来车队时,有同事背着小张小声地嘀咕,说得罪了车队领导问题不大,得罪了小张问题就大了,说不定开车的饭碗说没就没了。小张听后抿嘴一笑,小张就是不把他成功的秘密告诉众人。

瞬 间

　　小明和妻子正在三楼的阳台上说话，女儿在她的卧室伏在书桌上写作业。此时正是夕阳正浓的时候。小明指着美丽的夕阳对妻子说，好好地欣赏夕阳吧，今天的夕阳实在太美丽。妻子说我天天这个时候在欣赏，你回家少你就多欣赏并记在脑子里。小明在县城工作，妻子和女儿住在老家的集镇上。公职人员的小明只有在双休日的时候回家与妻子和女儿团聚。小明说，明年我把你和女儿带到县城，没有钱购房我们可以暂时租一套房子。我已经看好了一套小户型的房子，阳光通透，朝向又好，离我工作的单位走五分钟就到了，非常方便。

　　妻子说租房子要钱，等几年我们有钱了就买一套。小明说，你的意思是乐意我这样来回地跑？妻子用"距离产生情感"来安慰小明。小明面对夕阳思索"距离产生情感"这句通俗易懂但含义深刻的话。突然间小明感到他的身子摇晃起来，不是特别的厉害，但足以让小明颤抖和害怕。小明已经经历过一次这样的情况。小明马上意识到这是发生地震了。多大的震级对此时的小明来说不重要，重要的是此时此刻发生地震了。天啦，发生了地震！

　　小明在他的身子摇晃的第一瞬间说：老婆，你快跑下楼，我去抱女儿。小明听见了女儿喊爸爸，再喊妈妈。小明大声说：女儿别怕，爸爸在这。小明向女儿的卧室冲去。小明在冲去女儿卧室的时候用他的左手用力地推了一把妻子，想把妻子最快捷地推到楼梯口快速下楼。小明冲进了卧室抱起女儿，将女儿的头捂在怀里说:女儿别怕,爸爸抱着你。不是地震,是放炮引起了房屋摇晃。小明在女儿两手抱紧他的脖子时朝门外蹿去。小明瞧见妻子这个时候朝他蹿来。小明听见妻子在说:女儿别怕,妈妈来陪你。小明吼妻子疯了,先出去一个人先安全一个人,如果一家三口人都不出去就一家三口人都不安全!妻子大声说不,说一家三口人在一起才是最安全的。于是妻子在后推着前面抱着女儿的小明,向楼梯口冲去。小明吼了一声妻子多事就冷静下来。妻子在后面推反而影响了小明抱着女儿冲出去的速度。

这次地震来得快去得也快,震级低,没有造成人员伤亡和房屋倒塌。

小明一家人安全地来到楼外的一处空地上。此时夕阳正浓,粉红的光线洒满大地。妻子庆幸地说虚惊一场。妻子从小明手上抱过了女儿。

小明睃了妻子一眼,把刚才蓄在肚里的怒火这个时候发泄给妻子。小明吼道,不是老天有眼,刚才就会由于你的不听指挥而导致一家人命丧黄泉!小明捏起了拳头,但小明没有打出去;小明伸出了一只打算踢人的脚,但又收了回去。

妻子说,小明你自私,我今天在真金烈火面前终于看清你了。小明要妻子把话说清楚,倒打一耙是小明不喜欢的。小明说,你想想如果老天不长眼,起码你先出去了你就得救了,我和女儿有个三长两短有人收尸吧。妻子刹那间将脸贴到女儿稚嫩的脸上,瞪着小明说,我还在惊魂未定,不想与你争吵,我只希望你下辈子当一回母亲。小明质问妻子什么意思。小明见妻子不理他,只顾与女儿脸贴脸说可以没有妈妈,但不可以没有女儿。

柳树做证

华与玉相恋了。他们有共同的语言,关系发展非常顺利。这年冬天的一个夜晚,雪花飞舞,华与玉踏着皑皑白雪,来到一棵高大的杨柳树下。这棵杨柳树长在华与玉居住的两个村庄的中间地段上,虽然光秃枯萎了,却依旧勇敢地伫立在风雪中。

华与玉靠在柳树避着北风的这面,两人紧紧相拥。虽然有皮衣隔着,但两人都能感觉到彼此的心跳。两人相拥不说话,但无话胜有话。幸福是两人这个时候相同的感悟。

一会儿两人松开时,华说:走吧,我送你回家。雪下的好啊,洁白的雪见证着我们的真挚爱情。玉又依偎在华的怀里,说:我还不想现在回去,我们再相拥一会。虽然刮风虽然下雪,但有你在身边,我一点也感觉不到寒冷。

两年后,也是大雪飞舞的时候,华与玉结婚了。这对不惧风雪的情侣终于走到了一起。华的家庭条件不好,三间普通的陈旧的瓦房。他们用了一间瓦房做婚房,在墙上糊了干净的纸张,贴上了丰富多彩的纸画,还贴上了红红的双喜字。闹房过后,雪依然在下,静静地落在窗台上,落在房瓦上。但华与玉沉浸于新婚的喜悦中,已经将风雪忘记在脑后了。玉的眼里放出光彩,挣脱华的拥抱,坐起来瞧窗户玻璃上贴着的红"喜"字和"鸳鸯戏水"的剪纸。

华幸福地说:只有到了现在我才放下心来。我担心你突然有个变化。说真的,你要变了心,我的精神就全部崩溃了。玉也幸福地说：我也是。不过这担心都是多余的，姻缘就是姻缘，天早就注定好的。我希望我们这辈子的感情，就像屋外的雪花一样纯洁，不掺杂任何的杂质。华，你有这个信心吗？华赶紧说：肯定有。还用问吗？

　　但是新婚宴尔的甜蜜炽热过后，华与玉就要面对现实的生活。人不能只生活在空气里，不能只生活在虚幻里。慢慢地，玉从那种新婚的光环里回到现实。玉每天会在华的村庄走动几回，眼睛老是盯着过往的路人以及村庄那些漂亮的楼房。玉不是有了攀比之心，而是情不自禁要去瞧。玉渐渐发现华有些过于老实了，没有一技之长，没有一点男人的闯劲，一天到晚只晓得在自己的八亩薄田里劳作。这收入有限，维系这个家就有些困难。而这些，玉在热恋中却把它们当作了微乎其微的小事，认为婚后会改变的。玉岂知婚后要改变这种局面多么艰难。随后，家庭生活一天天窘迫起来，华与玉的爱情之火慢慢被残酷的现实浇灭。令人不解的是玉婚前的温柔没有了，变得有些要强了，与华在有些事情的处理上产生了矛盾。好多次，华站在远处瞧见玉一个人默默地来到那棵粗大的杨柳树下，先瞧树身，最后漠漠地望天。华不想惊动玉。华也随着玉的眼光瞧天空，天空上一碧如洗，跟以前的天空没有任何的区别。当玉瞧够了树瞧够了天空回家时，华找了一处草丛藏了自己。这些不能让玉瞧见，瞧见了于二人的婚姻生活幸福无补，相反玉会认为华在跟踪她。

　　但是，华过后不管如何努力地想让玉的心态回到婚前大雪飞舞的那个境界，仍一步步走向了失败。夫妻间产生了感情裂痕。华拼命修补，可是越修裂缝的口子越大。华力不从心了。华的力量使尽了。这天在田地干完活的华回到家里，一进院门，发现院中央的地上甩满了鞋子、棉衣、牙膏、洗脸盆、椅子等等。华

的眼睛睁大了。由玉从卧室里发出来的啜泣声,华知道原因了。华蹲下身,两手紧紧地捂着自己的脑袋,思绪变成了两把铁器在华的脑袋里撞击。这生活没法过下去了,完了,华在心里自语。

为了补救,这晚华跟玉商量,华打算出门打工,玉摇头。华又说他去一家培训学校学一门挣钱的技能,从钱的角度满足玉,从虚荣心的角度也满足玉。但玉最终还是摇头。玉说她的心已经死了。玉求华放过她,给她一条生路。玉把华的两手拉过来放到她的胸口上,叫华听她的心跳声。玉哭了,晶莹剔透的泪水流过玉粉嫩的脸颊。华心软了,不停地喘息。华也哭了。华说:你想怎么办就怎么办,我不挡着你。这天晚上,华凝视天上的星星,在屋后坐了半夜。

华与玉在民政局拿了离婚证这天,回家时正好下起了这年的第一场雪。华抬头,让冰凉的雪花落在脸上。雪花没有往年的大,温度也没往年下雪时的低。雪花落在华的脸上就融化了。华特意绕到那棵与玉数次相靠的柳树下。柳树依然,但华此时的心态有一种无以言说的虚空和落寞。华激动地说:玉,你以往说的话都是假的,柳树可以作证!可是华的声音随着北风吹走了,玉听不见。

醉 酒

老刘吃饭时有酒就高兴，没酒就哭丧着一张枯黄的老脸。家里人或村里熟人都说老刘一张枯黄老脸是喝酒喝出来的，老刘犟嘴，称如此说话者说的都是屁话。老刘抬出了住在村东的孙寡妇，四十二岁，同样一张枯黄脸，比老刘强不到哪去，遇到天阴下雨或季节轮换，比老刘脸色还要差，尤其是来了例假，孙寡妇的脸要逊色老刘的两倍。

这天，老刘坐在桌边又端起筛满酒的杯子，没等到杯边沾上干瘦的嘴唇，老妻从厨房出来，伸手上去将酒杯按到桌上：瞧屋外太阳才升了一竿子高，是早晨不是中午，空肚子，喝酒伤胃。年轻时跟你一路受苦，终于熬到年龄老了，家庭条件好些了，儿女们在外有好工作能赚钱了，巴望在晚年跟你痛痛快快活些年，你这样把自己不当一回事，就是对我的不公平。

老刘没有埋怨老妻。老刘朝老妻微笑一下。一日之计在于晨，早晨最忌讳吵嘴斗狠。这种情况换在晚饭时，老刘早冲老妻摆出吓人的脸色，将老妻从桌边吼进厨房，骂老妻越老越不知道东南西北，越不知道现在是白天或是黑夜。老刘不骂人不发脾气时，看上去是一个正常人，也有和蔼的表情，一旦怒吼了，等同一只猴子丑态百出，龇牙咧嘴令人见而生畏。但此时老刘在微笑，难得有这样一回微笑，喝酒变黄的门牙有一半裸露在外面。老刘选择跟老妻讲道理，说某某地方时兴喝早酒，列举了三个地方，条理分明，证据确凿。说这些地方的男人正是因为喝早酒，一天

到晚晕乎着，不想烦恼事，心情畅达，所以健康长寿。老刘还赞扬一个人经年累月喝早酒，现在能百步穿杨。老妻质问：是酒喝出来的吗？

老刘说：女人见识就是短，就不晓得酒能杀百毒。

老妻拂袖而去，跑进了厨房。此时厨房发出了碗筷相碰声，还有鸡的拍翅声。

早饭后老刘被下村的老张叫走了。老张家里今天杀猪，杀猪就要邀请相好的四乡五邻，这是习俗。老刘与老张穿开裆裤时认识，后来一起上小学初中，都是同一个班，几十年一路走来关系非常铁，逢年过节或各家举办喜庆事件，彼此都要准时参加，不是亲戚胜似亲戚。二人都嗜酒如命，见面了不来个酒瓶朝天不罢休。年轻时身体能熬得住时，他们经常醉酒，好在二人酒德还凑合，醉后不吵不闹，倒在床上就呼呼睡去。

走在路上老刘说：你今年就比我今年强了，你今年可以杀两头猪，我只有到了年底才杀一头猪。唉，今年运气不佳，开春时那头猪长到百来斤了却突然死在猪栏里，不然这个秋天时也能杀。张哥今年就亏了啊，我要吃你两场杀猪酒，你只能吃我一场杀猪酒。

老张说：你要这样认为你就是把我当外人在看。

老刘一想：这话不能这样说，怪我喝了早酒。

说话声中，老刘随老张来到老张家里。客人都到齐了，老张没有多请，刚好一桌八个人。这种情况一餐是请不完的，一般家庭要两天四餐才请完。

杀猪的家庭毕竟是杀猪的家庭。老刘一进屋就嗅到了满屋子的肉香。等桌上摆满了大碗的肥肉和小碗的瘦肉，以及用肉生出的其他肉制品时，喷喷的香味让老刘不停地吸鼻子，嗅香味，险些发出了惊呼,险些在众人面前赞扬老张家的嫂子烧菜手艺在村里一流。

这种场合虽常遇到,但也是难得,老刘在坐到桌边的那一瞬间,就打算今天好好把握,不要错失了良机。机不可失,失不再来嘛。接下来老刘主动请别人喝,都请了。同时,当别人回敬老刘的酒时,老刘来者不拒,细脖儿一仰,杯里的清澈白酒就轻风拂柳般进入了老刘的胃里。

最后请老刘的是老张。老张把杯子端起来又放下了,说:我们就不要喝了,怕你喝醉了,毕竟岁月不饶人,老年人就是老年人,要是岁月倒回去二十年,我今天要请你喝四大杯。

老刘说:舍不得酒就不要找借口。这样,我们四大杯不喝,两小杯不喝,我们只喝这一杯。老刘说话时身子有点摇晃,嘴巴发出的声音开始接连不上。

老张为难地说:误会了。这样你不喝,我喝下。老张一口喝干杯子。

老刘哪里能放过杯里的酒,再说众人面前怎能丢人?老刘不顾众人劝阻喝干净了自己的杯子。岂知酒一到嘴,老刘马上吐了出来,同时整个人倒在了地上脸色难看。

老张赶紧扶起老刘:你醉了,叫你不喝你就是不听偏喝。

老刘微笑地说:没事,我没醉,让我躺一会儿就好了。

众人忙碌地将老刘扶到床上躺下。一会儿,医生匆忙赶来给老刘打点滴。医生手脚麻利,马上做好一切工作。但医生一瞧吊在铁杆上的吊水瓶子时发出了惊呼:完了完了,吊水都打不进了,我没法治疗他,你们赶快将他送到县城的大医院。

遇到大麻烦了。老张马上通知老刘的家人赶来。不过老刘福大命大,在县城大医院被抢救过来,竟然安然无恙,回家后精神

并不逊色醉酒以前。

老张听说老刘出院回到家,拎着礼品前来说抱歉。临走时老张甩给老刘一句话:以后我们不会再一起喝酒了。

这句话老刘最不爱听,撵到门外向老张追问原因。

老张边走边说:你不怕,我怕!

小 赵

小赵踏着皎洁的月光,迎着秋夜的晚风回家。小赵喝了酒,走路时身子有些趔趄。从常理上说小赵醉了,但小赵认为他的这种状况称不上醉,小赵的逻辑是:真醉了,就认不清回家的路。

小赵酒量小,可是小赵贪酒,只要见到了酒,小赵必喝无疑。小赵奉行的观点是今日有酒今日醉,今日有酒今日不喝就是一个蠢人。这是小赵的独门逻辑,小赵引以为自豪。因为贪酒的缘故,小赵遇到哪怕关系不好的人随便一个邀请,小赵就会毫不客气地去人家的家里,端起酒杯就喝。但酒量小的缘故,小赵沾酒就醉了。几乎每一次喝酒,小赵都醉了,只是醉的程度有深有浅。小赵一般情况下一杯酒下肚还没事,只要喝下第二杯,小赵就完蛋了。但小赵每次喝酒不喝两杯就不罢休,否则心里特别不舒服,恨不得要骂娘,埋怨的话一箩筐。

小赵的老婆不喜欢小赵喝酒,嗅不得小赵嘴里呼出的酒气,没少跟小赵争吵。但小赵就是改不了,每次在老婆面前赖皮,或者找一个地方回避起来。今日小赵回家时,老婆自然又是跟小赵吵。老婆说："嘴皮都已经说破了,看来你是死不悔改了!"小赵发现老婆瞧他的眼光是蔑视的,脸上像抹了一层锅底灰。小赵的身子痉挛一下,知道今日老婆要对他来硬的。果然老婆警告小赵,小赵以后要是再喝酒,这日子就没法过了,干脆离婚。小赵迭迭地摆手说："别别别,我改,以后再不喝这尿水了,尿水就是尿水,除了一股臊味没别的。"三十六计走为上策,小赵不等老婆说出下文,从家里跑了出来,小赵坚信距离产生情感。这一招果然管用,老婆这回原谅了小赵。

但没过三天,小赵又醉了酒,像每次一样也是似醉未醉的样子。小赵喝酒时忘记了老婆的嘱咐,现在回家走在路上,让凉风一吹,小赵就记得老婆的嘱咐了。小赵停止脚步,坐在地上。小赵想不能回家,回家了老婆不会放过他。小赵发现他的眼前有老婆说"离婚"二字时的恐怖表情。小赵吓着了,弯腰垂头,将一根手指塞进嘴里搅动,小赵想把喝进胃里的酒呕吐出来。这样做对于有些人是成功的,但小赵搅动半响没有成功,相反非常难受。小赵突然不搅动了,干脆来到集镇上找医生解决。小赵想真正的死病都治好了,让他醒酒对医生简直是小菜一碟。

医生来给小赵治疗,问小赵为什么要喝这么多?

小赵说没喝多,就三杯。医生不信是三杯,三杯怎么会醉呢?小赵站起来摇摇晃晃地说真的是三杯,倘若说了假话,小赵就不是人养的。

医生说："不要赌咒发誓,如果真是三杯,你就走吧。"

小赵愣头愣脑地说："为什么?"

医生说："三杯酒没有过重的酒精中毒,不会发生事故,你回去睡几个小时就醒了酒。"

小赵说："这个道理我懂。问题是我现在希望在半个小时或

一个小时内醒酒,回家后不让老婆发现我今天喝了酒。我的话说得够明白了,我不想过细地说。"

医生莞尔一笑,说:"怕老婆。男人都是口是心非,当面一套,背了老婆又是一套。好,念你怕老婆的份上,我给你打一针,让你回家时老婆嗅不到酒气。"

小赵说了一声谢谢,以为是医生给他打针,没想到医生喊来了一位实习的护士给小赵打针。小赵问护士往身体的哪个部位打针。护士说当然是臀部,还用问吗?在护士配药水时,小赵开始解裤腰上的皮带。由于醉酒的缘故,小赵没注意自己将裤子脱去的部分太多。小赵瞧见护士转身朝向他时发出一声惊呼,大声质问小赵为什么把裤子脱掉了。护士说完跑了出去。而在同一时间,医生进来了,见了小赵的模样,二话不说踢了小赵一脚:"医院是文明单位,不是耍流氓的地方!"

小赵挨踢后似乎清醒些了,垂头瞧下体,一瞧就赶紧将裤子朝上提,不怪护士跑了,实在是小赵露出了不该露出的部位,虽不是全部,但浅浅一点也够护士吃不消的。

小赵抱歉地说:"对不起对不起,醉酒引起了疏忽。"

这话医生如何听得进去,把小赵吼了出去,医生还用了"滚吧"的字眼。小赵出来时,听见医生在里面嘀咕,意思不是考虑小赵年轻,就用电话报了警。这让小赵走在回家的路上,心里还有余悸。小赵边走边嚷嚷:"都说医生救死扶伤,善解人意,没想到就是披了一件善良的外衣。"

小赵走到家的侧面时又往回走。小赵想,不能带着酒气回家,不能。小赵找了一处适合坐的地方坐下。所谓适合坐的地方,就是这儿没有人往来,小赵不会被人发现。小赵躺了下去,仰面朝天。小赵瞧见蔚蓝的天空上没有一朵云彩,瞧着瞧着小赵睡着了。等小赵醒来后回家,发现门上一把锁。邻居告诉小赵,说小赵的儿子掉进了池塘,捞起来后虽然没有生命危险,但儿子受了惊吓,现在送到医院在进行安抚。邻居说:"小赵,你为什么不接电话?你老婆打破了电话。"小赵一摸口袋,发现手机掉了。小赵二话不说,当着邻居的面朝自己脸上抽打了三巴掌:"以后再喝醉酒,你小赵真不是人!"

相 亲

妻子接到堂妹的电话说她今天进行她的第三次相亲,要我和妻子过去帮她拿个主张把个脉搏,认为我们年纪大生活经验丰富,为人老练。堂妹的意思很简单,以前两次失败了就不想它,这第三次无论如何不准它再失败,有个俗话叫事不过三。

堂妹文化不高长得却漂亮,但近三年由于婚姻的不幸让她芳颜尽失,作为堂哥的我在心里为她暗暗着急和焦心,和妻子是巴心巴肝希望她尽快成一个家,过上正常的家庭生活,从而感受到家庭生活幸福的滋味。

我和妻子马上下电梯坐上汽车来到了堂妹家。我们进屋时堂妹抱着两岁的小外甥,见到我们没有特别的激动和欣喜,相反一脸平静,眼光和神态有些木然。堂妹变了卦,说想来想去觉得找一个男人进到家里来,她的生活担子会轻些,但孩子可能就要受一些意想不到的让她有泪无法流的痛苦。堂妹提到第一个相亲的对象,进到家里后就出现了堂妹所说的情况。

堂妹说:"算了,干脆到了孩子十岁以后再谈自己的婚事。"

妻子说:"到那时候你成了人老珠黄,怕是你想成家也没有机会了,不可能有现成的合乎你的条件的单身男人等在那儿。"

妻子要堂妹不要错失了机会,结果没有出来的时候就不要把结果想的那样坏,世上有坏男人是不假的事实,但好男人毕竟比坏男人多的太多。

我对堂妹说:"你打电话叫我们过来,好歹让我们瞧一眼那个男人,我们的眼睛毒,不说话,就凭眼睛瞧也能将那个男人的性格瞧出一个八九不离十。"

堂妹就向我和妻子介绍了那个男人的情况,他在中心街道中间处开了一个规模不大也不小的卖日用百货之类的店铺。我和妻子知道那个店铺,曾经多次有事或无事从那儿经过,也在那个男人的店铺里买过商品。

我说:"那儿离这里只走五分钟的路就到了,走,我们一起隔远再瞧一次。"

堂妹说我既然早就瞧过了就没有现在再去瞧的必要。我解释是两年前瞧过,但当时只顾购烟没有仔细地观察他,烟一拿到手我就离开了。我说简单地瞧与过细地瞅不是一个档次。妻子这时催不想起身的堂妹起身出门,妻子还是有一线希望就要争取的老观点。堂妹担心去了以后被那个男人看见就尴尬了。

妻子说:"那儿人来人往,我们站在远处瞧不会被他看见,再说他只顾帮着照料顾客也不会想到我们会去偷瞧他。"

果然他在店铺里跑进跑出,不亦乐乎地给来店铺购买商品的顾客拿商品。隔远了听不见他在说什么,但整个显现出来的动作给人的感觉是干练与精明,不是那种打雷扯闪也不知道赶紧回家的急不起来的憨厚人。我发现不光我与妻子集中眼光在瞧那个男人,抱着孩子的堂妹也在集中眼光瞧。我和妻子只看不说话,第一个说话的是堂妹,她说:"我背地里还是打听了一下他的情况,做生意上还是一个好手,就是他不是本地人,老家在很远的大山深处,能在这儿开一家店铺是他有一个妹妹嫁在本地,他妹夫在镇上工商所大小当了一个官。"

看后我和妻子的观点是一样的,这个男人不弱,为什么没找到一个女人成家可能另有隐情。我问堂妹打听没打听这个男人这方面的情况。堂妹摇头。

接下来堂妹抱着孩子回去了。我和妻子没有就此离开,我找到那个男人隔壁的店铺,不想购买商品却故意购买了两样商品,以此与生有白发的店主人聊起隔壁男人的一些事,主要婚姻方面的事。终于得知这个男人的婚姻不顺,不是其他原因,而是男人的左腿小时候在山里打柴不小心掉下崖摔得有点瘸,不过细地瞧瞧不出来,细瞧就有些明显了。在老人大力表扬这个男人会做生意为人不错的时候,我和妻子离开了。我们没有转回去做堂妹的工作,直接回了家,打算过两天等堂妹再想一想,然后给堂妹拿个主张把个脉搏。

再来找堂妹时是五天后。这天堂妹见我们提到她的婚事时情绪非常不好,还激动地向不听话的在她怀里乱扯的小外甥抽打了一巴掌。我的眼光僵住了。妻子质问堂妹什么意思,妻子生气地说:"同意不同意在于你的意思,我们是好心帮你不是用绳子将你与那个男人捆到一起。"

堂妹马上向我和妻子赔礼,说不是冲我们发脾气,是想不通自己生自己的气。接着堂妹抱着小外甥在堂屋一边慢走一边轻轻抖动。堂妹不停地说:"荣不要哭了,荣不要哭了,是妈妈不好,你打妈妈吧。"堂妹拿起小外甥的小手打她的头,一直打到小外甥有了笑声才停止。而这个时候一滴泪水从堂妹的眼角里掉下来。

我对妻子说:"不说这件事了,我们走吧。"

一出门,妻子说:"以后不介入她的事了,她心里纯粹只装着她的孩子。"

我没有答话,感觉心里刺着一把锋利的刀。

爷　爷

我喜欢一家人秋天时出门旅游,金色的秋天太美丽了。我终于盼到了秋天。

但父亲说:不反对出门旅游,只是今年我和你妈不能陪你一起去,只能你一个人去,路上要小心,自己照顾好自己。见我不同意,父亲解释:你爷爷的身体今年没有去年健康,我和你妈不放心他,还有生活方面,都是现实的问题。

我提议把爷爷带去一起旅游。父亲说:你爷爷要是同意了,我就同意。

爷爷坐在朝阳的地方晒太阳。我出来握着爷爷干瘦的老手:爷爷,你常常对我唠叨九寨沟,说那儿的风景如何似画似诗,盼望有生之年能再去一次。这回我就满足你的愿望,你同意跟我们一起去九寨沟旅游一趟吗?

爷爷瞧着我微笑。爷爷不笑的时候脸上皱褶就深,微笑起来时皱褶更深了。爷爷摇头拒绝了我。理由是他的身体今年不如去年,而就是去年那个身体,也经不起出门旅游爬坡的折腾,何况今年?我听明白了,就是我说破嘴皮,爷爷也不会答应随我们一起在这个美丽的秋天去做一次旅游。

我进屋时父亲问我:你爷爷答应了吗?听了我的回答父亲又说:我就知道爷爷不会答应的。你爷爷真的是老了,我从他走路的步子和说话的声音可以判断出来。

我说:爷爷不去也好,我们找一个人服侍他几天。

我突然想起了奶奶。如果奶奶十年前不病故就好了,爷爷就有奶奶服侍,这样我们出门了也没有后顾之忧。

我的话让爷爷听见了。爷爷马上进屋,要我的父母亲陪我做一次旅游,满足我的愿望。爷爷说:孩子很少向你们提出要求,你们不能让孩子心里受了委屈。再说你们在家不在家对我并不重要,你们走了,我能烧饭做菜,生活不成问题。

父亲说:爸,你这是惯坏孩子的个性。

爷爷说的孩子和父亲说的孩子指的都是我。

最终说来说去,结果是爷爷做主,逼父亲硬是答应了陪我一起旅游的要求。我感谢爷爷,二十一岁的我情不自禁地抱着爷爷的脖子,在爷爷清瘦的老脸上亲吻了一口。

爷爷趁父母亲在面前的时候说:孙子,我在世上的时间已经不多了,能帮你一回爷爷不会放过机会。

爷爷的话险些说出了我的眼泪。

次日一早我和父母亲就出门了。原计划在外面旅游五天,但第四天父亲做主,我们提前回来了。父亲的意思是他在旅游中心神不定,一直担心家里的爷爷。父亲说:别看你爷爷嘴上在说硬话,其实他的身子骨完全不行了。你们不清楚我是清楚的,自打十年前奶奶病故开始,爷爷的精气神就从来没有恢复过。

父亲的话让我想起爷爷有时候一个人孤独地坐在那儿不声不响地抽烟。

然而到家后,爷爷没有出现父亲一路上担心的异常。爷爷见我们回来了热情地微笑。爷爷说:不说明天回来吗?如何提前一天了?我说:担心你一个人在家呀。我又对父亲说:爸,是不是多余的担心?我说爷爷身体硬朗没事的,你就是不信,眼见为实了吧?

爷爷说:年轻时一个算命先生给我算过,放心,我心里有数,我还有十年的寿。

父亲说:真是那样就好了。

母亲把一包东西交给爷爷,孝心地说:爹,这次出门给你带回了一些景区的土特产,都是你喜欢吃的,你收进你的卧室慢慢吃。

爷爷把母亲给的那包土特产收进了他的卧室。

但第二天早晨,我发现爷爷打破了他每次起床的时间。每次爷爷早晨七点准时要起床,今天到了九点依旧躺在床上。我问爷爷:是不是身体不舒服?爷爷微笑地说就是身子有些沉,要我不要惊慌,这是他的老毛病。

我从没有听说过爷爷有老毛病。我马上告诉了父母亲。父母亲都埋怨爷爷病了就是病了,为什么要说假话?不由分说把爷爷送到了医院。

爷爷在医院一住就再没有离开过医院,最后病逝在医院里。我对爷爷的病感到蹊跷,我在想,幸亏我们提前一天回家了。

我对父亲说:爸,还是你有先见之明。现在我觉得我那次强要求出门旅游是错的。如果不出门旅游,我就可以在家多陪爷爷四天。

父亲睃我一眼:现在说这话有何用?

母亲把我拉进厨房说：孩子你哪里知道，我们出门旅游时你爷爷已经病了，他就是没有说出来，他不想扫你的兴，这是你爷爷在医院亲口告诉你父亲的。

我脱口而出地连声喊着爷爷。我从厨房冲了出来，来到客厅久久凝视着爷爷的遗像，爷爷还是那样慈祥地瞧着我微笑。

纸　花

玉没有一份稳定的工作，经常为找不着一份稳定的工作而发愁。一个星期前玉有幸找到了一份比较稳定的在超市当服务员的工作，玉终于松了一口气。超市的工资低，玉认为工资低总比经常没有工作要强百倍。玉非常珍惜这份难得的工作，家里一个年迈的婆婆和一个上小学的儿子都指望着玉。玉的男人三年前病故，玉一个单身的女人挑起了整个家庭的重担。

超市当服务员的不是姐姐就是妹妹，玉一上班就与姐妹们打成了一片，少不了熟悉后彼此询问一下家庭的情况。姐妹们得知玉的情况后都唏嘘不已。桂芳在玉近邻的一个烟酒副食的柜台工作，她从内心里心疼玉这样一个漂亮的女人却是红颜薄命。桂芳劝玉趁自己年轻赶紧找一个，不然等到人老珠黄，那时再想找并不那么容易也不可能有合适自己的等在那里。玉微笑一下，同时脸红了红，没有说感谢也没有说反对。

一个星期后，桂芳在下班时把玉拉到了一个避嫌处，说给玉物色到了一个适合玉的男人，要玉给一个见面的时间。桂芳说：

"我可把你的事正儿八经地放在心里。"

玉说她暂时没有找一个男人的计划,桂芳那天完全错误地理解了玉的意思。

桂芳吃惊地说:"在我看来那个男人非常适合你,离了婚,高大威猛的像一头狮子,有一份稳定的体面的工作。我可以肯定地说你们结婚后你就不用工作了,他一个人的工资养活你们一家绰绰有余。明白话对你说吧,那男人就是看上了你的漂亮。不要想男人爱女人漂亮是一种贪色的表现,我觉得这会让男人婚后更加心疼自己的女人。"

玉说以前她与两个男人谈过了婚事,都因为不适合对方而没有谈拢。两次失败多少让玉心里有一种失落和伤感。玉现在不想找就是想给自己一个平静的心态。桂芳提醒玉机不可失啊。玉最终让桂芳说动了心思。

两天后,玉在一个豪华的餐馆里与那个桂芳介绍的男人见面了。男人先到的,玉进去时男人早坐在那儿等候。男人的整个情形跟桂芳向玉介绍的差不多,唯一一点出入是男人微胖而桂芳没有给玉说清楚。不过这胖在玉看来恰恰是这个男人有魅力的特征之一。也就是说单从外貌玉心里已经接受了。然而,玉跟男人面对面交谈才几句话,就突然想起了这个男人竟是玉的初中同学兵,只是当年读书时是又黑又瘦而如今变得又白又胖,同时笑嘻嘻的样子让玉在陡然之间没有认出来。玉的脸由陡然的发红慢慢归于平静了。

玉开门见山地说:"熟人不绕弯子说话,你觉得我们适合吗?我的家庭目前最需要的是钱。"

兵笑着说:"我已经从桂芳嘴里了解过了。钱虽然是一张纸,但缺了它确实不行。"

接下来两人在婚姻的讨论上谈不下去了，转换了话题谈起过去一起读书的往事。服务员开始上菜，玉站起来说他俩的事不要操之过急，各自在心里考虑周全以后再做决定，心慌吃不了热豆腐。

让玉没有想到的是，她离开时兵竟然没有送她。走在外面的阳光下玉在分析原因，估计是兵由于玉那句缺钱的话让兵觉得玉是一个金钱高于一切的人，或者是一个势利的人。玉觉得自己被兵冤枉了，玉目前由于家庭困难是把钱看重了，但玉绝对不是一个势利的人。

玉刚回到家，桂芳就打电话来问进展如何？玉把责任全部拢在自己身上，一字不提兵的不是。玉找了一条不是理由的理由搪塞桂芳，说她不喜欢身体开始发胖的男人，认为男人肚子上的赘肉会在特定的时候影响她的情感。既然萝卜白菜各有所爱，桂芳不好再勉强玉了。

第二天玉见了桂芳，感谢话是少不了要说的，但玉也向桂芳透露了一个三年不滋生找男人的想法。玉不是跟桂芳治气，玉是基于孩子这方面的考虑。

超市工作的稳定给玉的家庭带来了经济上的稳定。

光阴荏苒。玉是春天时进超市工作，转眼工作了半年到了秋天。

这天上班，玉一进超市门口，就让早站在门口等候玉的桂芳拉到一边。

桂芳说："现在离上班还有十分钟，我有一个重要的消息要告诉你，我给你介绍的那个兵昨天突然死在了省城的医院里。幸好你当时没有跟他谈拢，如果谈拢结了婚现在你将再次当一个寡妇，情感将受到第二次痛苦的打击，对你的情感来说雪上加

霜。"

玉不相信兵会亡故,一个看起来健健康康的男人不可能三下五除二地亡故。玉看一下时间,要进超市里面去。桂芳赌咒发誓地说她说的全是真的。

玉问桂芳从谁的嘴里得知的?

桂芳说:"是兵家的人特意告诉我的。你想,自家的人不会说自家的人死亡吧?"

玉说兵的死亡突然是突然,但人吃五谷杂粮哪有不生病呢?玉不想听这件事了。

玉在走的时候又被桂芳拉住,说:"你等一会儿,还有一个重要消息没有告诉你,保证你听了怦然心动泪流满面。兵家人要我转告你,说兵临死时提到你是他初中时的情感偶像,这些年一直在暗恋着你,那天之所以没有当场表态同意与你结为夫妻,就是因为自己的病,怕是跟你结婚后不到两年三载又让你变成了寡妇。"

玉的身子一阵哆嗦,前后进行联想这事不是假的。这天由于心情复杂,玉提前请假回家了。五天后玉打听清楚了兵的坟墓所在地,不知何种原因,玉在兵的坟墓上插上了一朵自己掏钱购买的纸花。

管闲事

小玉回家刚走到她居住的三单元楼梯口，就听见楼上住在她家对面的小张在大声嚷嚷。小玉是一位好心人，赶紧咚咚地跑到小张家里解劝，同时夺下小张举在手上的一把明晃晃的菜刀，在小张厨房里藏了起来，接着去安慰在卧室泪流满面的小张老婆艳芳。小玉拉着艳芳的手挨着艳芳坐着。艳芳知趣地收了眼泪。一会儿小玉走出卧室安慰小张。

原来小张喝多了酒瞎猜测，回来时开房门见艳芳将门反锁，以为艳芳在家里有见不得人的鬼名堂，跑进厨房拿起菜刀搜寻家里的各个角落，要搜寻出野男人挨他的菜刀。结果小张没有搜寻出野男人的一根人毛，就朝艳芳发泄怒气。

小玉安慰小张："你这是给自己老婆脸上贴屎，变相是给自己贴屎。你傻啊。"

小玉伶牙俐齿，黑的白的天上地下道理一套套，三下五除二将小张说得垂头瞧地面一言不发，非常后悔的样子。见事情解决了小玉就回家，小张向小玉表示了真诚的感谢。

然而一回家小玉遭到了丈夫鲁平的反感。在看电视的鲁平将拿在手上的遥控器掼到沙发上，生气地说："不要以为别人都说你是一个好心人你就忘记了自己的身份，你就是普通一居民，有时候你的行为就是变相破坏别人的家庭。"小玉就与鲁平用事实来进行辩论，鲁平不想与小玉辩论，用蛮不讲理的态度和刺痛人心的语言对付小玉。夫妻俩由此越吵越厉害，最后鲁平险些用

武力来收拾泪流满面的小玉。

接下来到了睡觉时间，小玉进了卧室先睡下了，鲁平却进了在学校住读的儿子的房间睡下。鲁平将他的这做法说成是给小玉一点颜色看看，让小玉从此以后记着不要再多管别人的闲事，好心人的名声是要付出代价的。

小玉睡到床上后就一直在想一个问题，为什么平时思想开放有正直感的鲁平，今天变得像一个小玉不认识的陌生男人了？这个问题折腾了小玉半响，小玉最终没想出满意的答案。小玉就在半夜的时候来到鲁平的身边躺下，细声要鲁平告诉她一个明确的答案。小玉担心鲁平是不是病了。如果真病了天亮后小玉就要陪鲁平一起去医院治疗。小玉却遭到了鲁平的吼叫："你才有病！"夫妻俩又睡到两张床上去了。

小玉的工作是在办公室做内务。第二天小玉上班，一整天都在想鲁平的变化、小张的猜疑和自己的病。办公室主任从小玉身边经过时特意瞅了小玉一眼。小玉说主任好。主任没有回答就过去了。到下班的时候，主任在小玉离开时叫小玉去了他的办公室。主任说："现在是公司淡季要做的事太少，放你一个星期的假。"小玉问别人是不是也放假。主任说轮放。可是次日小玉就从一位好姐妹嘴里得知，主任是看不习惯小玉昨天上班时心事重重。小玉是又急又气，打算去公司找办公室主任论理并说明原因，但想到去找后事情只会更糟没有好处，小玉就吞下了一口苦水。

小玉把心里的憋气撒在下班回家的鲁平身上。小玉把杯子举起来要砸鲁平，但想到杯子砸下去就会落一个泼妇的名号，小玉就将杯子放到沙发前的茶几上，只与鲁平舌战。在表达能力上鲁平不是小玉的对手，小玉说得鲁平将脸色气成了猪肝样，最后一甩袖子说懒得理小玉,进卧室的时候将房门关死,将小玉隔在门外不让进来舌战。直到小玉情绪缓和以后鲁平才出卧室。

鲁平说:"以后不要管别人的闲事,不管闲事你就不会出现今天的局面。"

小玉说:"不是你气我,让我一夜没睡好觉,上班能心事重重吗? 责任在你! "

鲁平说:"事情发生了就不要埋怨哪个。以后要想类似的事件不发生只有一个办法,你不管别人的闲事,我不与你争吵。"

小玉有非常不错的自我消化能力,马上与鲁平言归于好了。晚上睡觉时小玉在床上抱着鲁平睡。鲁平要小玉利用这七天假去盼望已久的九寨沟旅游。第二天小玉就去了九寨沟。回来时小玉没告诉鲁平她到家的日期,买了一些鲁平特别喜欢吃的土特产带回来想给鲁平一个惊喜。但小玉一进她居住的小区就无意中听到了一些议论,意思是有人看见鲁平在傍晚的时候,从艳芳家里出来时穿着短裤神情兮兮。小玉听后险些跌倒地上,上楼梯时两腿没有一点力气。当然这是议论不是小玉亲眼捉奸在床,哪人背后无人说呢? 问题的关键在于小玉马上联想到了鲁平近期的变化,为什么突然干预小玉管别人的闲事,是不是此地无银三百两呢?

生　日

　　北风凛冽。电视上说这是一股强烈的冷空气,从前天开始侵袭了这个地区。这地区一到冬季就冷,遇到冷空气就更冷了。华在街道上走着,没见街道上有过往的行人,偶尔有一人二人,也是一下车办了事,赶紧又躲进了车内。

　　华感到全身发冷,臃肿的棉衣似乎不抵寒。华在地上跳了两下,借此发热。这虽然有点效果,但不大。北风像刀子一样刮脸,华就用戴手套的两手捂脸。脸终于有点暖和了。华特别想抽一支烟,但考虑到凛冽的北风在刮,华克制着。华不时抬头瞧街道两边商铺的招牌,各种招牌都有,但华只想找一个蛋糕店就可以了。最终在街道尽头处,一家蛋糕店在华的眼前出现了,醒目的招牌。不错,是一家百年老店。店铺的门迎北风,关着。但店里面有灯光,从门缝里看得见。

　　华先敲门后推门。华进去了。各种各样的蛋糕非常多,可谓品种齐全。老板问华要哪种样式的,大的小的?华说看后再定夺。华顺着柜台走,这头走到那头,最终定下一款自己满意的蛋糕。蛋糕样式不错,有漂亮的花纹,过得上众人的眼睛。华说:老板,就这款。

　　华拎着蛋糕出来,北风刮得越发猛了。华边往家里走,边自语:发生什么金融危机呢?华脸上的表情有些难看。华在一家国企当化验员,金融危机没发生,华的收入还凑合,养家糊口是没有问题的。但现在,华高度敏感到他有被炒鱿鱼的危险,暗地有了风声了。倘若如此,华将面对没有工作的妻子,面对读书的儿子和年迈的母亲如何幸福生活的问题。华是家里的顶梁柱,华倒了,家就没辙了。

华把赌注压在蛋糕上。华打算傍晚时,拎着蛋糕去给主任的儿子过生日。

华把蛋糕先拎回家放着,然后去上班了。一会儿后,母亲带着孙子回家。孙子一见蛋糕就扑向了蛋糕。母亲也以为是华给孙子买的,就拿来刀给孙子切。半个小时后,一个蛋糕就消灭了一半。这让华傍晚回家时见了,激动得跳起来,二话不说,三下五除二地打儿子:好吃,这么好吃,打你的嘴巴!儿子放声大哭,嘴巴张开。母亲冲华发火:吃了一个蛋糕就打儿子,你就不是一个好爸爸,哪有你这样当爸爸的?再说买回来就是给他吃的,早吃是吃,迟吃也是吃。毛病!这时妻子购了菜回来,见了赶紧抱起儿子,哄儿子不哭,然后对华说:一个蛋糕值得这样吗?华反问妻子:你不知道具体情况吗?妻子不语,脸上全是自责。华在电话里嘱咐过妻子保护好蛋糕,是妻子的失职。妻子过来劝母亲:妈,华有难度。

华出去了。妻子追出去,陪华说了一会儿话。华又去了那家蛋糕店。

华回来时到了晚上十二点。母亲睡了,儿子也睡了,只有妻子没睡,坐在沙发上等华回来。华进屋时一嘴酒气,醉醺醺了。妻子赶紧上前扶着了趔趄的华。华笑着大声地说:没醉,太感动了,也太高兴了。妻子让华进卧室在床上躺下,问华:事情摆平了,没有后顾之忧了?华欣喜地说:一切顺利。主任家有的是钱,不在乎钱,就在乎给他一个面子,有人竟然没去,这回肯定是下岗的对象。主任送我时表扬我识时务为俊杰。我是俊杰吗?妻子理解俊杰的意思，但华的这种做法显然称不上俊杰，应该是思想会转弯。

这时母亲推门进来。母亲说：华，你应该少喝些酒，酒伤胃。华笑说：妈，我没醉，我清醒着哩。母亲说：在你家住了两个月，我已经发现了你家的困难，我还是回到乡下去，在乡下没地方可花钱的，省钱。妻子过来拉着母亲的手说：妈，华的工作保住了，就不愁以后生活的问题了。母亲说：算了，来时我就没打算在你家长住的，只计划我的生日过了就回家的。现在我的生日已经过了，我应该回家了。

华没想到今天是母亲的生日。华倏地坐起来沮丧极了。

父亲的病

眼镜坐在门口给儿子打电话，说他不想吃不想喝，两条瘦削的腿一点力气没有，坐在椅子上像是钉在椅子上一般。以前没有出现这种情况，是昨天突然发生的。儿子问眼镜是不是身体出了问题。眼镜说两餐没有吃饭了，但肚子就是膨胀的难受。眼镜要儿子回家一趟看他一眼，再不回来只怕以后回来了没有机会见他最后一面。这个说法太严重了。儿子吓坏了，说话时急的有些语无伦次。儿子要眼镜马上去医院进行全方位的检查，不要在意用钱。儿子还说他马上让芳过来将眼镜亲自送到医院。既然这般严重，儿子担心他回家迟了耽搁眼镜的病情治疗。儿子在离家千里的外地贩卖药材，就是日夜兼程也得三天回到家里。

芳是眼镜的儿媳妇,现住县城照顾正在上学的孩子。儿子在县城购有房子并两年前一家三口住了过去,乡村老家里只住着六十一岁的眼镜。眼镜年轻时丧妻,以后有人给眼镜介绍合适的寡妇都被眼镜拒绝了。眼镜又当爹又当妈将儿子含辛茹苦养大结婚成家。儿子聪明,长大后从事药材生意赚得腰包满满,不然儿子就不会有那样大的说话口气。

但是眼镜就是不希望儿子把芳叫来照顾他。眼镜向儿子甩去一句让儿子为难的狠话,说芳来处理他的病等于让他早些离开这个世界。眼镜说他目前还不想死。

儿子做解释,说他就是日夜兼程也得后天才能到家,只怕到时影响了父亲病情的治疗。眼镜说不怕影响治疗,就他的理解他的病三天五天不会死的。

三天后儿子匆匆忙忙撵回到乡下老家里。儿子进门时看见父亲坐在饭桌边眼望大门外,瘦了黑了,精神疲惫不堪,向儿子打招呼时也是有气无力。儿子说:爸,收拾行李我们现在就走,我已经把车叫来了停在屋后。眼镜一听叫来车了就眼睛一眨,着急地批评儿子没有征求他的意见就擅自把车叫来了。

眼镜说:你应该给我打个电话。我告诉你,我从昨天晚上就突然间好多了,能吃饭了,能睡觉了。不是考虑到你已经坐在车上钱总是用出去了,我就会打电话让你回去。眼镜向儿子抱歉地说自己不好,让儿子瞎花钱白跑了一趟车费。眼镜叹息一声说:在外面赚一分钱也是不容易。我已经过了六十一岁,现在去地下找你妈也说得过去,年纪活大了是国家和家庭的负担与累赘。

儿子着急地说:爸,你怎么突然间说这话?我听着心里刀割一般痛苦。

眼镜说:春,爸这辈子对你尽没尽到一个父亲的责任和义

务？

春是儿子的名字。儿子眼睛里含着晶莹剔透的泪水。儿子说:爸你是不是有痛苦的心思?如果有你就说出来就好受些。你记得我小时候对你说过的话吗?我说我长大后一定让你过上幸福的生活,晚年一定不让你受苦受累。

眼镜说:物质条件是不错的,但春不会知道我的心里有多么累,我这几天天天在回想我与你父子间一起相依为命的生活,那时虽然苦,但苦中有幸福。你有那个感觉吗?

儿子垂头不语,眼泪一滴一滴地往下落。眼镜不要儿子哭,儿子哭让眼镜也想痛快哭一场。儿子难得回家一趟,父子间见面了应该欢欢喜喜。眼镜说:见到你后我的病完全好了,我去屋后叫司机走,等到明天我也不会去医院。儿子要眼镜去检查一趟还是放心些。眼镜起身翻了儿子一眼,生气地说:钱没处用你交给我保管。想当年你上学的时候一分钱当两分钱用,你不应该忘记。

儿子瞧着父亲的背影出门,一会儿又瞧着父亲的面影进屋。眼镜说:走了。儿子说:我听见了响声。眼镜说:我现在特别想吃,你陪我去后村路边餐馆撮一顿吧,钱我来付,当然我付的钱也是你给的。

去了路边餐馆,眼镜点了自己喜欢吃的菜。父子俩这天响杯喝了酒。眼镜向儿子提了一个要求:让我活到七十五岁,真能活到七十六岁了我自己解决自己的问题。

儿子沮丧之极也诧异之极。儿子问父亲为什么今天老是提死呀死的。

眼镜说:你要回答我的问题,不要回避。儿子激动地说:我希望你长命百岁。

眼镜笑了，笑得老脸上的皱纹聚拢又散开，这是儿子看见父亲最得意最开心最幸福的微笑。到傍晚，眼镜催儿子回县城家里看儿媳妇与孙子，眼镜说儿子今天当面对他的表态，让他少说十年不会得病，说得儿子一愣一愣。

春回到家里，向芳述说了父亲今天的所作所为及病情变化。不等春将话说完，芳整个脸红得像一块通红的布，尴尬得无地自容。芳说：要批评就直接批评，不要转弯抹角，我是向你父亲说了活六十岁了死得过了，他不死就是家庭的一个累赘，你看，又把你折腾回家浪费一笔车费钱。春听了大惊失色，愣怔地怒目地瞧着芳而说不出一句话。

代　价

惧怕队长的张三，这天在稻田埂上碰见了队长。队长一脸横肉，在队里飞扬跋扈。张三想溜，可田埂两边都是浑浊的泥水，张三无处可藏，只有低头瞅自己的脚尖。

队长说：我是老虎呀那么怕我？张三说：你是队长，你的一句话我的工分就没了。队长说：你小子忠诚老实，办事踏实，我今天就派你一件好事做，让你又得实惠又加工分。

张三睁大眼睛微笑地望着队长。

原来队里有一头老牛，不能耕田还要人喂养，队长决定打死老牛给社员分肉吃。

从记事开始张三没有杀过生，他怕，他谢绝了队长。但队长

认准了张三,鼓出眼珠子吼道:你小子不要敬酒不喝喝罚酒,好心给你安排个好事你却摆屁股!队里没人比你力气大,没人比你胳膊粗,这件事非你莫属。张三哭丧着脸央求队长找别人,他只能帮个下手。队长生气地说:甭说了,这件事铁板铆钉定给你了,打也得打,不打也得打!张三急红了脸,心里像是堵着棍子。望着队长离去的背影,张三蹲在地上两手捂脸。小腿拗不过大腿,张三回家时两腿没有一点力气。

第二天,身不由己的张三,只得去做身不由己的事。

张三把打死老牛的地点选在生产队仓库后面。这里场地宽敞,还有一棵粗大的椿树。这天雪停放晴,太阳在云缝里露脸。张三扫净椿树周围的积雪,把老牛的头吊在椿树上。打杀老牛之前,张三抬头望天,思索着,决心着。突然间,张三咬紧牙齿,不瞧老牛的眼睛,抡起八磅铁锤,照准老牛的头部狠心击打。张三看见老牛开始在反抗,慢慢反抗变缓。打到第八下的时候,张三看见老牛瘫软在地,奄奄一息。与此同时,张三看见老牛眼里流出了泪。张三特别惭愧,对老牛说:老牛啊老牛,是队长逼我这么作的,要恨你恨队长,不要恨我。

回答张三的是凛冽的北风。很快,队长带着几个人朝张三跑来了。队长拍着张三的肩膀表扬张三,可张三像个木头人一般,站在雪地上一动不动。队长说张三是个人才,年底给张三评劳模,戴红花。张三不高兴,也不说话。见队人用利刀划破老牛的肚皮,张三心里特别难过。这时张三隐约听见有人议论他,说他表面上长着笑菩萨的脸,心肠却是豺狼虎豹。张三血液翻涌,马上离开现场,迎着北风拼命奔跑,最后坐在北风口的雪地上哭了起来。

年底,张三真的戴上红花成了劳模。他不光是队里的劳模,还是大队和公社的劳模。在公社劳模会上，张三荣幸地被公社刘书记拍了肩膀，正如别人所说，这是最大的表扬。张三得到了太多的表扬，也赢得了太多的掌声。

回家路上，张三彻底从打死老牛的阴影中解脱出来，笑菩萨脸上，又多了一层笑容。

但是碰到一群姑娘时，张三发现她们见他像避瘟疫一般，哄然跑开了。张三拦住一位认识的春儿姑娘追问原因。春儿姑娘向张三跪下求饶，求张三放过她。姑娘们害怕狠心打死牛的张三，心血来潮时也会打死人的。

就这样，一晃八年过去，张三到了三十岁还是一个单身。队里跟张三同年龄的小伙和姑娘，都结婚生子，有了各自幸福的家庭。这让张三困惑、内疚、伤感；这让张三总是避而远之人多的场合，免得被人指指点点，喁喁私语。只要听见娶媳妇嫁姑娘的唢呐声，张三就跑出家门，来到一处无人的地方，坐在草地上垂泪。张三眼泪多，揩净了，马上又是满脸。抑制不了唢呐声的刺激时，张三拔腿疯跑，摔倒了爬起来再跑，有时拼命掷石块发泄心中的郁闷。

张三三十一岁的那年冬天，母亲离开了张三。张三心里清楚，母亲的死多少跟他没娶上媳妇有关。母亲为张三的婚事操碎了心，说破了嘴皮，可张三心狠的名声无人不知，最终没有一个姑娘愿意与张三牵手一生。见母亲临终时不闭眼睛，张三痛心疾首，泪水涟涟。

如今，六十五岁的张三还是孤身一人，每晚睡觉，只能寂寞地聆听凉凉的夜风惆怅地掠过屋檐。往事不堪回首，当年击打的八下铁锤，一直郁积在张三的心里。有时为了求得心平，张三就到母亲的坟边坐坐，也到埋葬老牛骨头的地方站站，可这不能挽

回张三付出的沉重代价。

突然长大

　　放寒假的明子回家过年,下车后没有找着父亲。前几天就在电话里说好的,父亲怎么突然变卦呢?明子顺手拦了一辆的士,一直坐到家门口,下车时,甩给司机一张百元钞票,司机退他十元钱,他不要:"算了,送你买杯水喝。"司机笑笑,夸明子大方。

　　母亲早站在屋场上,正巴眼等明子。母亲脸上爬满皱纹,皱纹里堆着慈祥的微笑。母亲把明子横瞅竖瞅,说明子离家半年,在大学里长高了,长白了,长胖了。明子追问母亲,父亲是不是没去接他?母亲说:"早晨蒙蒙亮,他就去接你了。"

　　明子脑袋轰然一炸:老实憨厚的父亲,不会随着过年的憧憧人流走失吧?这种事不是没可能,以前,一个比父亲憨厚的老人就曾经走丢过。

　　母亲说:"瞎想啥的?你父亲再老实,也不会老实到不晓得回家路。"接着,母亲说到父亲的腰疼病,这半年越来越严重,遇到天阴下雨,有时疼得嘴角朝后扯,腿杆子打哆嗦。父亲头发白光了,腰背也驼了,像园子里的一条秋黄瓜,几下就老了。

　　门前山峦渐渐沉睡,夜幕降临。明子在等父亲回家,上大学这半年,见到很多新鲜事,他想让父亲分享一下。母亲说:"你是他身上一坨肉,他肯定是碰到熟人扯住了有事,过两天不就回来了。"父亲三十六岁生明子,他这棵独苗就是父亲的命根子。家庭是困难,但没有苦明子,平时吃的穿的耍的都随着潮流走,父亲总是挖空心思满足他。

村子上空,炸亮着熠熠的焰火,回响着孩子们盼望过年的欢声笑语。

但直到腊月二十六,父亲依然没回家,电话也不打一个,好像就此蒸发了。明子觉得这事蹊跷,急得团团转,像热锅上的蚂蚁。母亲也埋怨父亲:"出门就玩的不晓得回家,这年他爱过不过,甭管他。"

但透过母亲说话的表情与口吻,明子看出来了,母亲肯定知道父亲的去向,只是不想说,有意遮掩。这是为什么?明子想不通,于是生母亲的气。原来,父亲跟一个熟人去跑山货生意,过年做这生意,据说最赚钱,熟人去年就狠赚了一笔。明子一听就头大,信息时代遍地都是鹰爪子,哪有赚钱好事轮到父亲?父亲老实巴交,斗大字认不得一箩筐,不是明摆着钱朝水里丢,挨诈!明子马上追问熟人是谁,打算不行就报警。但母亲硬说她是个水脑筋,不管事,只记得是个大脑壳,大耳朵,其他一概不知,急得明子歪了脸,摊手出粗气,心里堵着一个疙瘩。

母亲说:"你莫急,你爸走时给我做了保证,正月十五不管下雪下刀都撑回来,十六送你上学。"不知为啥,明子一听,眼里迸出了泪花。

晚上,明子默默祈求天上的星星,给父亲照亮回家的路。

父亲没说谎,正月十五真的风尘仆仆回家了。但明子高兴不起来,心里好酸好酸。父亲满脸倦容,胡子长长,头发蓬乱,眼眶塌陷,嘴巴尖尖,脸上没有肉,手像梨树皮,身上隐隐透出一股馊味。

明子问到生意事,父亲说还行,赚得不多,让明子松了一口

气。明子说："爸,以后过年莫出门,世上钱赚不尽的。"父亲说："过年不过年,也没贴在脸上,哪个晓得我没过年?"

母亲端来热腾腾的饭菜,父亲的眼睛陡然一亮。明子随即给父亲斟了一杯酒。

父亲说："不喝酒,我要吃饭,肚子饿得像牛叫。"父亲大口大口扒饭,吃得噎着了,喝一口开水,让没嚼乱的饭菜,顺水进入空空的胃里。明子叫父亲吃慢点。父亲说："太饿了,太饿了,肚里没有一点油水,稻草也能塞几把。"一会儿父亲吃饱了,点燃一支烟,自语道："好舒服,真想睡一觉。"说着说着,两张耷拉的眼皮阖上了,纸烟还在手指中间袅袅冒烟。

这天晚上,父母在上房的说话声,隐隐约约传进明子的耳里。只听母亲说："那个郭老板,结账时没扭屁股吧?是不是一天算两天,八十块?"父亲"嗯"了一声,说："这人豪爽,回来时,我提前给他打了招呼,明年过年再去帮他看场子。"母亲嘘了一声,要父亲小声点,不让明子听见了。母亲说开春后,多喂几头猪,帮父亲分挑些担子。

明子顿感胸口炸炸疼,突然之间长大了……

赔款属于谁

天刚蒙蒙亮,刘向学就来敲钱干部的堂屋门。他头缠白绷带,黝黑的长脸上还沾着没有洗净的血印子。钱干部开门一看时,大吃了一惊,哪个真是胆大包天,竟敢在刘向学身上抽鞭子?

这家伙,典型犟驴,发起横来八人拉不住,好几个人跟他较劲都败下阵来。

钱干部把五十岁的犟驴礼貌地请进屋,椅子茶水伺候。

刘向学屁股一落椅子上,就大声道:"钱干部,你看看,你看看,我的脑壳被人打破了,就是湾里老王这个家伙打的,他把我压在地上下狠手啊,幸亏湾里人及时抢救,不然我早就死得硬翘翘,身子冷得像凌冰!钱干部,村里治安由你管,他姓王的这回蹲在我头上屙尿拉屎,你要替我做主!我也不是一个软蛋蛋想捏就捏,也不是一块茅厕板子想踩就踩!"

钱干部就问事情起因,刘向学避而不说,半响后骂道:"瞎子见钱眼睁开,三辈子没见过钱的!"骂完,刘向学要钱干部处理这件事时端平一碗水,手掌手背都是肉,不能厚此薄彼!

钱干部当即拍胸表态并很快摸清了情况。原来修高速公路占了刘炳昌的山场和稻田,赔偿了二万一千块的青苗补偿费。刘向学是刘炳昌的抱养儿子,刘炳昌与老伴都死了,按说此事无可争议,但问题是刘向学八年前就跟刘炳昌断了父子关系,没给刘炳昌挑担水,没给刘炳昌送一块红烧肉吃,而刘炳昌的晚年都由村里在照顾。事情很清楚了,刘炳昌不算有儿户,只能算孤人,这笔赔偿费应该分给全组人,而不能让刘向学一人独吞。刘向学怎能让到手的鸭子飞掉?于是跟湾里的老王据理力争,公说公有理,婆说婆有理,最后激动了,两人摩拳擦掌大打出手。

钱干部先找当事人老王核实情况。

一提这事老王就激动,甩掉烟屁股,提高声音道:"那个刘向学简直不是个东西,我儿子要像他,我就一屁股塌死,不让他活在世上戳眼睛!"

钱干部就叫老王直奔主题,快刀斩乱麻!

老王说:"刘炳昌就住在我的屋下面,没人比我更清楚他家的情况。活着时,在床上睡了一个多月,刘向学没来看过一回,屋子漏水,堂屋里打漂,刘向学没来捡过一皮瓦,还是我老王爬梯子上去捡的!还有刘炳昌死时,刘向学不出钱,都是湾里人出五十出一百凑在一起,让刘炳昌顺利归土下葬!钱干部想想,不是九州外国,一个湾这头,一个湾那头,一胯远的路,刘向学从不来瞧瞧他的爹老子,喔,现在得钱了,就晓得伸手要,想得美,惯坏了他!"

钱干部说:"桥归桥,路归路,一码是一码,问题归问题,不能打架呀,他也是那么大年纪了,万一打个骨折,打个心肌梗死,那就麻烦了!"

老王说:"不是他先动嘴骂人,先动手打人,我老王吃多了狗骨头发烧啊?他再犟再狠,我也不是地上蚂蚁,想踩就踩,有理走遍天下!"

接下来,钱干部来找刘向学证实老王说的话。一进屋,夫妻俩又是搬凳又是递烟又是倒茶水。钱干部开门见山,直奔主题。

刘向学一听火冒三丈:"老王是一面之词,血口喷人,强词夺理,大搞阴谋诡计!他天生不是一个善鸟,心里贼着哩!他用软刀子杀了我,还在人前充好人,纯粹是驴子粪蛋外面光,说得仁义道德,做事狗屁胡说!说我不孝敬老爹,他是睁眼说瞎话,鸟铳瞎放炮!我承认,这八年我是没去几回,但我儿子经常去啊!他姓王的不是国家主席,我给老爹讲孝心还要经他过眼呀?呸,他老王算个什么东西?"

钱干部两手一摊,左右为难地说:"算了,你们一人一个说法,我只能去找湾里人,众人眼睛上没有缠布条,雪亮着。"说完就往外走,刚起身却被刘向学妻子扯住了。她先承认她家老刘是个鬼打架,然后求钱干部把那笔赔偿费落实在她家的名下,她说儿子读大学,正要钱花。

钱干部直言不讳地说:"这都怪你家老刘对老爷子一个酸菜样!老刘同志啊,你就不怕你儿子将来跟着狐狸学妖精?"

钱干部问刘向学对此还有啥想法,犟驴还在犟:"还是那句话,别人甭动歪心思!"

最后,这笔钱的归属问题只能交由村民大会讨论了。

这天晚上,全组村民都异口同声地批评刘向学,最后举手表决不给刘向学一分钱。俗话说墙怕众人推,犟驴再犟,也奈何不得众人的强大攻势,猛烈炮火。瞧着属于自己的新票子,一张张跑进别人的口袋,犟驴心里在滴血,最后气呼呼跑回家,手朝自己脸上抽……